QISHINIAN ZAI ZUGUODE HUAIBAOLI
—— ZHONGGUOMINZUBAO DAXING RONGMEITI CAIFANGBAODAO SHILU

中国民族报社重大主题采访报道文丛

七十年 在祖国的怀抱里

——《中国民族报》大型融媒体采访报道实录

张华志 李志伟 肖静芳 ◎主编

民族出版社

盛世圆梦，成为更好的自己（代前言）

2019年，中国民族报年满18周岁。于一个人而言，18岁意味着长大成人，正是放飞梦想、出门看世界的年龄；于一家报纸而言，18岁意味着走过跌跌撞撞、稚气鲁莽的时光，走向成熟、自信、稳重。

如果说要用一个"成年礼"来定义这种长大，那么"70年·在祖国的怀抱里——56个民族，56个故事，56个儿女，56个祝福"大型融媒体报道庶几就是中国民族报的"成年礼"吧。而当这个"成年礼"欣逢新中国70华诞，又有了不凡的意义。

18岁有18岁的眼睛，期待看到更大的世界。这一次，我们走得够远。向北，呼伦贝尔大草原一望无际，我们看到放下猎枪的鄂伦春人走进新家园；向南，北部湾海面蔚蓝浩瀚，我们看到京族人迎着潮汐赶海；向西，边关雪峰傲然耸立，我们看到塔吉克人忠诚地巡边戍守；向东，乌苏里江浮光跃金，我们看到赫哲人洒下第一张网。在辽阔的经纬之上，我们在心中勾勒出越来越清晰的地理中国和文化中国。

18岁有18岁的抱负，期待做以前做不了的事。曾经，一次性完成56个民族采访是我们的梦想，然而从未实现。这一次，我们心之所向，素履以往，花4个月走了大半个中国，尽管压力重重、波折不断，但是最终守得花开，第一次制作完成了专属于我们的"中华民族大家庭影集"。因为长大，让我们有了这份实现梦想的勇气、恒心和魄力。

成年意味着蜕变，成为更好的自己。本是纸媒出身，在浩荡的时代大潮中，我们应节而舞，走向新风口。手中的笔没有放下，肩头的摄像机扛了起来。采访、录像、剪辑、写文章、写脚本、写台词，忙忙碌碌、应对自如的多面手是这个时代记者的面孔，为了练就硬核实力，我们暗自努力。

成年意味着坚强，不惧风雨往前闯。松花江突涨的洪水，冲断了采访的路途，等汛情稍好，又毅然上路；从平原到高原，马不停蹄的奔波让身体难以适应，咬牙调整，最终拍到最美的赛马节……还有说不完的"计划和预料之外"，都靠智慧和毅力，兵来将挡，水来土掩，一一化解。

成年更意味着担当，为民代言义不容辞。从二十出头的青年到四五十岁的中年人再到年过八旬的老者，从工人、农民、教师、学生到武警战士、医生、作家再到公务员、非遗传承人，我们相信，不同年龄的人有不同的阅历，不同职业的人有不同的视角，我们都耐心倾听，从倾听开始，尊重、体察、关爱，继而发出他们需要的声音。

我们欣喜，我们的"成年礼"正好赶上新中国70华诞。70年波澜壮阔，70年长歌浩荡，我们何其有幸，用我们的笔和镜头为这盛世中国留下一个小小的注脚；我们又何其有幸，将我们的爱和诚意融入祝福伟大祖国的大合唱。从脱贫攻坚到乡村振兴，从生态保护到文化复兴，从时代发展到民族团结……每一个人物，每一个故事，每一个祝福，都平凡而细微，真实而亲切，如涓涓细流般最终汇进这新时代的鸿篇叙事之中。

我们感动，感动这一路上短暂的相逢和长久的情谊。曾经，在布朗山上与当地同胞皓月当歌；曾经，在十万大山中等到走了好远来接我们的人；曾经，在吊脚楼的火塘边听献给我们的歌……与各族同胞的情谊，就在这一首首歌、一杯杯酒、一段段路、一条条哈达、一个个微笑之中。

我们感谢，感谢赏识这组报道的慧眼。就在新中国70周年大庆前夕，这只雏凤在中宣部"学习强国"学习平台这棵大梧桐树上发出了清音，吸引了上千万点击量、45万余点赞量。网友们的肯定给了我们最大的信心。如今，这组报道又将付梓了。56个民族的故事，遵循了当初我们采写和刊发的顺序，尽量保持了本色。

崭新的20年代开启了，我们期待着新的出发。

中国民族报社总编辑

李志伟

2020年12月

目　录

回　族

海国宝：搬出西海固 1

拉祜族

李娜倮：用音乐实现小康梦想 6

白　族

杨晓雪：为了最美的"大理蓝" 11

水　族

潘永贤：返乡勇创业，率众奔小康 16

羌　族

马琼霞：既然活着，生命就要有更多意义 21

侗　族

陆婷：巧手绣出新生活 26

佤　族

魏金龙：阿佤人民再唱新歌 31

哈萨克族

居马泰·俄白克：牧民健康的守护者 36

布依族

孟平红：让老百姓都能吃上"放心菜" 41

傈僳族

此路恒：峡谷深深，红歌嘹亮 46

俄罗斯族

阿列克散代尔·扎左林：拉起手风琴，奏响团结曲 51

景颇族

普勒业：团结走出致富路 55

傣　族

玉腊波：让古老傣医药焕发新生 60

满　族

朱朝治：让农民成为有吸引力的职业 65

彝　族
吉克沙龙：雄鹰，翱翔在祖国的天空 ………………………………… 70

布朗族
岩少忠：用一片叶子创造美好生活 …………………………………… 75

乌孜别克族
迪力木拉提·阿卜力克木：生活和冰淇淋一样甜 …………………… 79

仡佬族
石慧芬：因为爱，所以坚守 …………………………………………… 83

毛南族
石通俏：毛南族向率先实现全面小康进发 …………………………… 88

怒　族
郁伍林：乡村旅游发展的领头人 ……………………………………… 93

苗　族
石丽平：将"指尖技艺"转化为脱贫力量 …………………………… 97

哈尼族
沙车：教育擦亮了我们的眼睛 ………………………………………… 102

畲　族

蓝陈启：畲歌人生 107

德昂族

赵玉月：民族文化守望者 111

塔吉克族

鲁克曼·斯加克：做卫国戍边的帕米尔雄鹰 115

土家族

田隆信：携着土家族民间音乐一路前行 120

蒙古族

咏梅：看到患者的笑容总会无比满足 125

藏　族

尼玛：让三江源地区传统村落走向振兴 130

柯尔克孜族

满丽开·斯依提：爱在乌鲁木齐 135

撒拉族

韩维林：拉面牵出幸福路 139

维吾尔族

库尔班·尼亚孜：架一座通往现代文明的桥梁 144

壮　族

韦焕能：村民自治第一村的"改革先锋" 149

汉　族

黄会林：让中华文化立起来、走出去 153

独龙族

孔玉才：更好的日子还在后头 158

鄂温克族

梅花：把生态文明思想的种子播撒在鄂温克草原 162

珞巴族

达波儿：建设边境上的和谐家园 167

朝鲜族

罗哲龙：进入新时代，我们的生活会越来越好 171

黎　族

符小芳：一片叶子带动一方百姓 175

门巴族

高荣：雅江上的"领头雁" 179

鄂伦春族

孟亚静：多布库尔猎民村的"领路人" 184

阿昌族

李德永：刀客匠心 188

保安族

马雪花：教育改变命运 192

锡伯族

吴俊亮："神箭手"的初心 197

土　族

王国龙：土族乡村更好的日子还在后头 202

仫佬族

谢庆良：山歌新唱促传承 207

达斡尔族

孟立志：曲棍球之恋 211

赫哲族

刘蕾：讲好赫哲族文化发展和传承的故事 215

塔塔尔族

照力得汗：携手走在幸福的大道上 219

京　族

苏海珍：一根琴弦 一生求索 223

裕固族

贺颖春：让人才之花开放在祁连山草原 228

瑶　族

蓝干宁：走特色脱贫的"牛"路子 233

纳西族

和云："药材之乡"大放异彩 238

普米族

熊求弟：搬出大山天地宽 243

东乡族

马天龙：脱贫路上，不落一人 247

高山族

林华：情牵两岸，心手相连 252

基诺族

资艳萍：基诺族走在健康幸福的大道上 257

记者手记

用心记录，让文字更有力量 265

贵州之行的三个"惊奇" 266

躬逢其盛　与有荣焉 269

内蒙古之行颠覆了我的想象 272

因为爱，所以付出 274

俯身大地　倾听中国 277

当梦想照进现实 279

走进民族地区，见证最美的笑容 282

追逐平凡之光 285

后　记 288

回 族

海国宝：搬出西海固

祝福　伟大的中国共产党，让我们西海固的乡亲结束了世世代代的苦日子。吃水不忘挖井人，回族群众心向党！感谢习近平总书记，感谢党中央！愿祖国越来越强大，愿各族同胞的日子像花儿一样美好。

国家民委

中国民族报

学习强国

扫描二维码观看本片视频

海国宝到镇史馆参观。　张国欣摄

海国宝：搬出西海固

■ 张国欣

在宁夏回族自治区银川市永宁县闽宁镇原隆村回族村民海国宝家的客厅里，挂着一幅大照片，照片上，习近平总书记笑盈盈地和一群人围坐在一起交谈。而坐在习总书记身边的，正是海国宝。

海国宝永远忘不了这一天——2016年7月19日，习近平总书记到闽宁镇考察时，来到了他家中。

闽宁，取"福建、宁夏合作"之意，是习近平牵挂了二十多年的地方。1996年，时任福建省委副书记的习近平提议由福建省和宁夏回族自治区共同建设生态移民点，闽宁村（今闽宁镇）由此诞生。

"习总书记先问我厨房在哪儿，说想去看看。"海国宝说，"我们这个地方，最缺的就是水。习总书记一来就先拧水龙头，他太了解我们最需要什么了！"

那天上午，在海国宝家的客厅里，习近平总书记和村民代表们围坐在一起拉家常。习总书记说，1997年他到宁夏时，被西海固的贫困状况深深震撼了。到了20世纪90年代，还有这么穷的地方，他心里受到很大冲击，决心推动福建与宁夏开展对口帮扶。当年7月15日，习近平总书记亲自命名的闽宁村在戈壁上破土动工，他还为此专门发来贺信，说道："今日的干沙滩，明日要变成金沙滩。"

今年63岁的海国宝，老家在固原市原州区开城镇上青石村——这片区域所属的西海固，曾被联合国粮食开发署认定为世界上最不适宜人类生存的地区之一。

"老家常年干旱，吃水太难了。家家户户都有一个水窖，用来收集一点雨水。"海国宝说，靠天吃饭的乡亲们，种上几十亩小米，一年辛苦到头，也只有1万元的收入。

"虽然党和政府的优惠政策我们都享受到了，可是因为自然条件差，除了维持生活，别的就啥也不敢想。"海国宝说，在山沟里住了大半辈子，从来没想过人生还会有另一种活法。

直到搬到了闽宁镇——2012年5月29日，海国宝作为原隆村的第一批移民搬迁到了这里。在党和政府分给每家每户的一套54平方米的房子里，海国宝和乡亲们开启了新生活。

"搬进这里时，第一件事就是打开水龙头。"回忆起刚走进房子的场景，海国宝记忆犹新，"看到一拧开水龙头就有自来水，电也通了，心里顿时感觉有盼头了。"

让海国宝最高兴的，是孩子们读书更方便了。在老家的时候，学校在离家很远的地方，山路不好走，孩子们到八九岁才上一年级。

在闽宁镇，家门口就有幼儿园和小学。海国宝的孙子、孙女现在都在家附近的学校上学，成绩都还不错，他对孙辈们寄予厚望。

"我是文盲，我儿子是半文盲，希望孩子们以后能念大学，这是我的一个大梦想。"海国宝笑着说。

另外一个让海国宝倍感欣慰的变化是乡亲们的精气神不一样了。在老家时，海国宝是村里的党支部书记，搬到闽宁镇后，担任原隆村党支部副书记。乡亲们的变化，他看在眼里。农闲时间，人们聊的话题早已不再是吃饱穿暖，而是眼光和见识。

而这背后是闽宁镇产业结构的变化。在移民搬迁之初，闽宁镇主要发展传统种养业，基本保障了贫困群众的吃饭穿衣问题。如今，闽宁镇驶入经济高质量发展的快车道：一批水电路基础设施和土地开发整理项目建成投用，菌草、黄牛、葡萄、劳务四大产业初具规模，建成了闽宁扶贫产业园、闽宁产业城两大园区，形成了特色种植、特色养殖、光伏产业、旅游产业、劳务产业五大主导产业格局，移民群众致富奔小康有了源头活水。产业的发展给乡亲们提供了更多的就业机会。

海国宝的儿子在镇上的一个酒庄做驾驶员，每个月工资有 4500 元，儿媳妇在一家畜牧企业上班，一个月工资也有将近 3000 元，家里的日子越来越好。2015 年，海国宝家加盖了新房，将 54 平方米住房扩建到 120 平方米，庭院里种满了绿植，一派生机盎然。

"现在，村里很少见到闲逛的年轻人，大家都去上班了。"海国宝说，

"只要大家不闲着,家家户户都能过上好日子。"

幸福是奋斗出来的。过去这个有8000人口、人均年收入不足500元的贫困移民村,如今已经发展成拥有6万多人口、人均年收入过万元的闽宁镇。

"我想告诉习总书记,您希望的干沙滩变成金沙滩,实现了。"注视着和习近平总书记合影的照片,海国宝说。

闲暇的时候,海国宝会到镇史馆看看,那里记录了西海固移民搬到闽宁镇一路走过的足迹。他还经常给孙辈翻看一些家乡的老照片,讲讲过去的故事。作为亲历者、见证者,他感慨万千地说,吃水不忘挖井人,要让孩子们知道老家的苦,别忘了党和政府的恩情。

"习总书记的关怀和鼓励,乡亲们都暖在心里。"海国宝说,"请习总书记放心,我们一定会过上越来越幸福的日子。"

拉祜族

李娜倮：用音乐实现小康梦想

> **祝福**　吉祥的日子我们走到一起，共同把心中歌儿唱起来，蜜一样的幸福生活滋润着我们，拉祜人纵情歌唱。今年是新中国成立70周年，祝伟大祖国更加繁荣，更加昌盛，也希望我们的拉祜族文化越走越远，走向世界！

国家民委

中国民族报

学习强国

扫描二维码观看本片视频

李娜倮（右）和村民们一起参加演出。　张国欣摄

李娜倮：用音乐实现小康梦想

■　张国欣

"我会唱的调子像山林一样多，就是没有离别的歌。我想说的话，像茶叶满山坡，就是不把离别说。最怕就是要分开，要多难过有多难过，舍不得哟舍不得，我实在舍不得……"一首《实在舍不得》，收获了

全场观众热烈的掌声和欢呼声，背着吉他的拉祜族歌手李娜倮微笑着说："欢迎来老达保做客！"这是李娜倮和乡亲们在澜沧拉祜族自治县参加的一场演出，精彩的表演将现场气氛推向了高潮。走下舞台，观众们争相和演员们合影留念。

"今天我们到这里演出，参加演出的乡亲都有收入，大家很高兴。"作为演出的组织者，李娜倮高兴地说。

李娜倮的家在云南省普洱市澜沧拉祜族自治县酒井乡勐根村老达保村民小组。这些年来，这个拉祜族寨子因音乐而兴，成为当地的"明星村"。

"唱歌跳舞是我们拉祜族人的传统，有句俗语说：'会说话就会唱歌，会走路都会跳舞。'"李娜倮说。

多年以前，老达保只是澜沧拉祜族自治县大山深处一个拉祜族聚居的村民小组，村子与外界的联系，就是一条"晴天一身灰、雨天一身泥"的山道。寨子里的村民认识外界的途径很少，与外面交流的机会更少。在田埂边，在篝火前，传统音乐与舞蹈是他们表达自我的方式。

而老达保的声名鹊起还要从多年前说起。1984年，李娜倮的父亲李石开偶然听到别人弹吉他，立马被迷住了，跟着别人学习了一个月弹吉他。回家之后，他就卖掉一头猪，买了一把吉他。

这个西洋乐器一进山，立刻吸引了乡亲们的目光。没过多久，对音乐有着天赋和热情的拉祜族村民，纷纷跟着李石开学起了吉他弹唱。在扫弦高歌中，乡亲们感到了快乐。于是，一幕奇景在老达保这个小山村出现了——家家户户、男女老少都弹起了吉他。

胸前，是跳动着音符的吉他；身后，是仍然困窘的生活。转机在不经意中到来。

2005年，在澜沧拉祜族自治县有关部门的支持下，老达保人登上了中央电视台的舞台。民族音乐与西洋音乐的奇妙碰撞，让老达保人出了名。"我们成明星了，好多地方的人邀请我们去演出，我们坐上了飞机。"李娜倮说。

不过，老达保人最期待的，是能在自己的寨子里演出。李娜倮说："每次到不同的城市演出，感受都不一样。繁华的都市、丰厚的报酬都没有动摇我在家乡演出的决心。家乡是梦开始的地方，有数不清的故事和回忆。"

2009年，国家启动了少数民族特色村寨建设，老达保村成为试点之一。基础设施改善了，村容村貌大为改观，为这个拉祜族寨子走上"民族文化+乡村旅游"的致富之路奠定了基础。

"村子变漂亮了，来寨子旅游的人越来越多。"李娜倮说，来的人多了，村民们都自觉地把村里的道路和自家房前屋后打扫得干干净净。

为了将拉祜族文化更好地展示给游客，让游客在吉他声和歌声中感受老达保人的热情，村民们自发组成了澜沧老达保快乐拉祜演艺有限公司，而李娜倮做了公司的"当家人"。

李娜倮介绍，公司成立后，她一直积极探索既符合市场规律，又符合文艺生产规律的新型经营模式。一方面，要保护、传承、开发好原有的民族文化，使老达保文艺表演的经营和管理模式更加规范，让拉祜族歌舞走遍全国、走向国际；另一方面，要做好"文化+旅游"的大文章，通过展示多姿多彩的民族文化，打造"绿色金三角"旅游环线。

现在，老达保村逐渐建起了农家乐和民宿。"下一步，我们希望游客在老达保村不仅是看一场演出就走了,而是可以留下来、住下来。"李娜倮说,只有这样,村民才能更大程度从文化旅游中获益。

在家家弹吉他、户户爱唱歌的氛围中,老达保村的孩子们从小耳濡目染,对民族音乐舞蹈充满兴趣。李娜倮还被特聘为酒井乡勐根村完小的双语教师,教孩子们跳芦笙舞、摆舞、弹吉他。"孩子们跟着大人到外面看世界,他们的眼界更宽广了。"李娜倮说。

这几年,李娜倮还关注着拉祜族创世史诗《牡帕密帕》的传承和发展,老达保人歌声的内涵越来越丰富了。"村民们都说,我们遇上了好时代。国家富强了,歌舞也就值钱了。"李娜倮说。

白 族

杨晓雪：为了最美的"大理蓝"

祝福　作为一名在环境监测领域工作了近三十年的基层环保人，我见证了过去洱海保护只是环境工作者口中的话题，而如今"洱海保护"这四个字已经深入到每一个大理人的心里。这几年，洱海发生了很多可喜的变化，我们盼望总书记能够再来大理，感受天蓝水蓝的"大理蓝"。今年是新中国成立70周年，我衷心祝愿我们的祖国天更蓝、山更绿、水更清、环境更优美。

国家民委

中国民族报

学习强国

扫描二维码观看本片视频

杨晓雪多年来一直关注洱海水质的变化。　　杨晓雪供图

杨晓雪：为了最美的"大理蓝"

■ 丛　蓉

党的十八大以来，习近平总书记一直强调一件事，即生态环境保护要"算大账、算长远账、算整体账、算综合账"。

2015年1月20日，习近平总书记在云南省大理白族自治州考察了洱海的生态保护情况后，特意在洱海边留影，说："立此存照，过几年再来，希望水更干净、清澈。"

在大理，有一个人，一直在为洱海的保护而努力着。这个人就是全国人大代表、大理白族自治州环境监测站副总工程师杨晓雪。

"我是土生土长的大理人，对洱海的感情很深。我从小在洱海边长大，见证着洱海水质的变化，心情也随之变化。"杨晓雪说。

在昆明读完大学后，杨晓雪被分配到了大理白族自治州环境监测站，干起了环保这一行。

"刚上班那几年，监测站人少，女同志更少。我不仅要在实验室做分析，还经常跑到外面去。"杨晓雪说，"采水样的时候要蹚水过河，测量水的速度和河的宽度；监测废气的时候，十余米高的烟囱和水泥窑，得爬到上面去；监测噪声和大气，不但白天盯，晚上也得盯。"

杨晓雪做得最多的工作就是对洱海水质的监测。她和同事们要坐船绕洱海一周，在各个点位取水样，取完全部水样得花上一整天。当时条件虽然艰苦，但是杨晓雪却充满了干劲儿。

"在我看来，我们拿出的每一份水质报告都是给洱海做的一次'诊断'。"杨晓雪说，"洱海的水质变化能从数据的细微变化里反映出来，这份责任太重了，一丝一毫都马虎不得。"

20世纪80年代以前，洱海的水质一直很好。进入90年代以后，随着洱海流域的经济发展、人口增加，尤其是旅游业带来的大量人流和餐饮消费等，导致垃圾和污水陡增，洱海吃不消了。1996年和2003年，洱海两次暴发大面积蓝藻。

面对污染，回想起小时候在洱海边捧掌作杯、掬水而饮的欢乐情景，杨晓雪心里阵阵作痛。"身为白族儿女，看到母亲湖陷入危机，心里是说不出的难过啊！"

一番痛定思痛后，大理州委、州政府掀起了保护洱海的行动，提出"像保护眼睛一样保护洱海"，采取了取消网箱养鱼、取消机动船的"双取消"措施，开展了退鱼塘还湖、退耕还林、退房屋还湿地的"三退三还"工作，还在洱海流域内实施了禁磷、禁白、禁牧的"三禁"措施。

"2015年1月20日，这一天我特别难忘。"杨晓雪激动地说，因为这一天习近平总书记来到大理,专门考察了洱海的生态保护,"他叮嘱我们大理人一定要把洱海保护好,让'苍山不墨千秋画,洱海无弦万古琴'的自然美景永驻人间"。

牢记总书记的嘱托,大理强力推进了保护洱海的"七大行动"。经过不懈努力,2018年洱海全湖水质实现了7个月Ⅱ类、5个月Ⅲ类,是2015年以来水质最好的年份,同时湖内水生态正在发生积极变化。"久违多时的'洱海蓝'又回来了!"杨晓雪兴奋地说。

随着全国、全省、全州对洱海保护的高度重视,杨晓雪和同事们对洱海水质的监测也越来越密集,每个月甚至每个星期都在做监测和数据分析。

在洱海流域2565平方千米的范围内,环保系统一共设置了国家级、省级、州级的90个监测点位,杨晓雪和同事们每个月都要对每个监测点开展至少一次采样分析,有的时候甚至要增加到4次,每一个点位的监测项目从8项、13项、34项、61项到109项不等,工作量在四五年之间提升了好几倍。

"我们在密切关注着洱海水质的变化,更忙了、更累了,但是一想到我们的工作能促进洱海环境的改善,这些付出都是值得的。"杨晓雪说。

在担任云南省人大代表的6年里,杨晓雪每年都提出1—2个有关洱海水质保护的建议。2018年当选为第十三届全国人大代表后,杨晓雪有了更大的责任担当。

"照片都是近岸,都是从南往北一个角度拍的,这张是2016年10月拍摄的,有藻,水发浑。这张是去年11月份拍的,水特别蓝。你说美不美?"在2018年全国两会云南代表团住地,杨晓雪满脸兴奋地向身旁的代表和记者展示了两张照片说道:"都是我用手机随手拍的,我也不会'PS',原图啊!"

"苍山上的水下来,流过田园,流到湖里,山、水、林、田、湖是一个生命共同体。"杨晓雪建议把洱海纳入国家山水林田湖系统保护规划,花大力气对污染防治进行技术研发,多培养这方面专业的"国家队"。

"水质还可能反复,洱海的保护治理需要长远规划、一以贯之。"杨晓雪说,天蓝、水蓝就是她心中最美的"大理蓝",希望大家一起努力,让这"大理蓝"常驻人间。

水　族

潘永贤：返乡勇创业，率众奔小康

祝福　从繁华的东部城市回到西部的老家，虽然付出了很多艰辛，但是对于这个抉择我不后悔。看到家乡一天天在变美变好，我心里特别有成就感。愿我的家乡日新月异，祝我们的祖国国泰民安。

国家民委

中国民族报

学习强国

扫描二维码观看本片视频

潘永贤在村委会门前。 马永摄

潘永贤：返乡勇创业，率众奔小康

■ 王 珍 马 永

  2016年1月，潘永贤决定放弃在江苏省常州市的优渥生活，返回位于贵州省三都水族自治县九阡镇石板村的老家当村干部时，不仅他的妻儿不理解，就连思子心切的老母亲都投了反对票，劝他不要回来。

  潘永贤是个热心肠、爱干事的水族小伙。在常州市时，因为在当地务工的水族乡亲有3万多人，他不仅为水族绣娘销售马尾绣，还开设了司法调解室，为身在异乡的水族乡亲提供法律援助。

  潘永贤是个孝子，身在常州市，却一直惦记着家里的父母亲。生活条件好了以后，他几乎每个月都回家一次，对家乡的发展状况有切身的了解和体会。

石板村是一个由3个村合并的大村，下辖20个村民小组25个自然寨，有1672户7068人，水族人口占99.9%。村里产业发展慢，脱贫攻坚的任务十分艰巨。

2015年底，九阡镇召开返乡农民工座谈会，时任九阡镇党委副书记杨承辉发现，潘永贤党龄较长，头脑灵活，于是动员他回乡创业。一边是自家的"钱景"，一边是家乡的发展，潘永贤经过激烈的思想斗争，最终选择了回老家。"人的一生总要做一些有意义的事情，我回来不为了工资，就是想为家乡作一点自己的贡献。"潘永贤说。

2016年4月，潘永贤被推选为石板村党支部书记。很快，他发现了一个令他哭笑不得的现象：不论早晚，总有人在他家门口等着，要求当贫困户，以获取政府项目补助。

"我意识到，如果老百姓不摒弃'等、靠、要'的思想，不纠正不以贫困、懒惰为耻的错误认识，只能越扶越穷。"潘永贤说。

于是，他将思想扶贫作为工作的突破口，在石板寨的大树下召开了脱贫攻坚创业培训大会，由镇工商局、扶贫办等相关部门直接答疑解惑，实行政策对接，为渴望改变的村民们提供改变的机会，激励安于现状的村民们转变观念。

有农机维修技能的潘国山就是这次大会的受益者。过去，潘国山一家6口靠耕种一亩薄田过活，想创业，却苦于没有资金。培训大会后，在村里的协调、帮助下，潘国山申请了政府贴息贷款，投资4万元开起了农机维修点。

现在，赶上农忙时节，维修点一天的收入能达到2000多元；平时维修摩托车、汽车，一个月也能有三四千元的收入。2018年10月，潘国山主动要求脱贫，成为全村20名"主动脱贫之星"中的一员，潘永贤请来乡镇领导，为潘国山颁发了奖牌。

产业是群众脱贫致富的重要抓手。潘永贤利用闲置荒坡，鼓励返乡创业能人发展茶叶、猕猴桃、刺梨、蓝靛种植，以及福猪养殖等特色产业，并辅助实施稻花鱼、生态辣椒等短平快产业，帮助农民增收致富。

罗秀鹅是石板村远近闻名的"创业之星"，2019年上半年种植了300亩白茶，养了2000多头生猪。说起潘支书，罗秀鹅赞不绝口。

过去，罗秀鹅一直在外务工。由于家里老人需要照顾，小孩要上学，罗秀鹅不得不选择回家。在潘永贤的带动下，勤劳肯干的罗秀鹅搞起了种养业，每年收入达数十万元，比在外务工的收入还要多。

村民们发现，跟着潘支书，哪怕是在稻田养鱼，都可以增加不少收入。亩产千斤的稻田，单单只种水稻，一年收入也就是1300元左右。如果放入鱼苗，可以亩产活鱼上百斤，年收入至少增加2000元。

在外打拼多年，潘永贤深谙市场经济规律：农民在田间地头生产出来的是产品，只有销售到市场上才能成为商品。因此，在选择产业时，他特别注重上下游产业链的衔接和产销对接，市场需要什么，他就带动农民种什么。

这两年，东部地区化学染料受环保指标的影响，销量不断缩减，市场对植物染料的需求增加，于是潘永贤果断带领村民种植蓝靛。还没到收割季节，很多公司已经前来洽谈收购事宜，每公斤价格从1元提高到1.4元，村民们还不愿意卖。

如今，石板村建起了白茶基地约1万亩、红心猕猴桃基地500亩、刺梨基地1200亩、蓝靛基地500亩，年出栏8000头以上的福猪养殖场2个，老百姓增收致富的门路越来越多了。

会赚钱,还要会省钱。潘永贤发现,村里人逢大小喜事,都爱办酒席,每次都要宰一头牛,开支上万元。2016年,他搞了一个移风易俗宣传活动,并编了一首歌,鼓励大家转变观念,勤俭节约,拒绝奢靡浪费,不办状元酒、满月酒、乔迁酒,受到了群众的热烈欢迎。仅2016年,69户乔迁、24户考学均没有办酒席,有人形容这是"一首歌救了93头牛的命"。

虽然不办酒席,但是从2016年起,石板村连续3年给考上大学的学生颁发了奖学金,鼓励他们继续进步。

截至2018年,石板村贫困发生率下降到10.74%,今年将下降到0.34%。基于潘永贤在脱贫攻坚工作中所作的重要贡献,他被评为"贵州省脱贫攻坚先进个人"。

羌　族

马琼霞：既然活着，生命就要有更多意义

祝福　经历了汶川大地震，才真切地感到党的领导、祖国的强大是我们最坚强的后盾，才能让我们走出灾难的阴影，重新过上幸福的生活。今年是新中国成立70周年，衷心祝福我们的祖国繁荣昌盛，各族同胞都过上安宁美好的生活。

国家民委

中国民族报

学习强国

扫描二维码观看本片视频

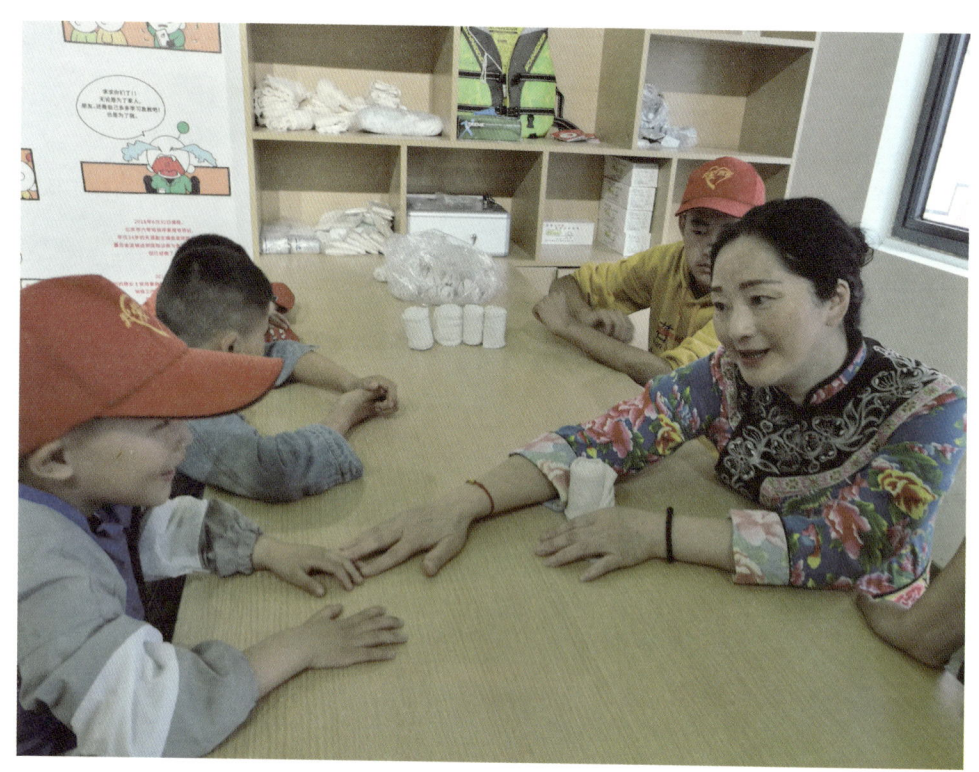

马琼霞（右）带领来自汶川县城的孩子们体验灾后救护项目。肖静芳摄

马琼霞：既然活着，生命就要有更多意义

■ 肖静芳　　蔡丽琴

2019年5月25日，星期六，四川省阿坝藏族羌族自治州汶川县映秀镇。阳光明媚，车水马龙，游人如织。内穿羌族服饰、外套黄色志愿者马甲的马琼霞，领着一群孩子穿过人群，很是显眼。

11年过去了，映秀镇这个当年牵动全国人民的大地震震中，如今已焕然一新。一座座羌式碉楼、吊脚楼拔地而起，鲜艳的五星红旗与羌红交相辉映，飘扬在小镇上空，透露出昂扬的主旋律，映秀依然秀美。

这天，一群汶川县城的孤儿来到映秀镇，参观了地震体验馆。马琼霞和几个志愿者一起带着孩子们体验逃生项目、灾后救护等。不一会儿，她的脑门上就沁出了细汗。

马琼霞是土生土长的映秀人。五十多岁的她，在别人眼里总是满面笑容、言语爽利、行动如风，一副乐天派的样子。一晃十余年，她身上留下的疤痕，让她忘不了自己是从废墟中被救出来的。

"地震发生时家里就我一个人，被埋在石块下时，我想：完了，我再也见不到我的家人了。"回忆起当时的情景，马琼霞眼圈泛红。巨大的恐惧深深攫住了她，她感到在黑暗中度过的那四个多小时比一辈子还漫长。

地震当天傍晚，马琼霞被人救出，不仅身上多处严重受伤，连神志都不清醒了。家里盖起来没两年的小楼瞬间化为乌有，更让她难以接受的是身边的亲朋好友眨眼间就没了。"后来，身上的伤好了，心里的伤却总也好不了。"连续好几年，马琼霞都被失眠、抑郁所折磨。

成为志愿者是一个偶然。"以前根本不知道志愿者是什么，直到地震发生后，镇上出现了那么多志愿者。"马琼霞说，她也接受过一拨又一拨志愿者的心理疏导和抚慰，是他们的温言细语和耐心陪伴，才让她慢慢从地震的惊骇中走出来。

几年前，汶川大同社会工作服务中心在映秀镇招募志愿者，马琼霞抱着试一试的心态参加了，成为"我爱我家"映秀镇志愿者分队成员。没想到，在帮助别人的过程中，马琼霞重新找到了人生的价值，忙碌的生活让那个过去开朗快乐的"马大姐"又回来了。

经过灾后重建，映秀镇成为一个旅游小镇，游客来自五湖四海。

马琼霞和另外几个志愿者经常到街头开展志愿服务,为游客提供咨询,给找不到路的人带路,免费提供饮用水、防暑药品等,顶烈日,冒酷暑,虽然辛苦,但是游客一个感激的笑容,对马琼霞来说就够了。

不过,让马琼霞最牵挂的还是镇上的老年人、残疾人和留守儿童。他们有的在地震中失去亲人,有的失去了腿脚,最需要关爱。5月25日这天,送走了汶川县来参观的孩子们后,马琼霞来到了一位高龄老人家。"婆婆,我又来了!"一进门,马琼霞就亲热地招呼。老人见到马琼霞,很是高兴,拉她坐在身边聊天。两人一边拉家常,马琼霞一边细心地给老人剪手指甲。

2018年是汶川大地震十年祭,马琼霞所在的志愿者团队发动映秀镇的居民,一共428人,花了将近半年的时间,一针一线手工缝制了827双感恩鞋垫,送给解放军。虽然大地震过去十年了,但是那些在废墟上坎坷前行的解放军官兵的身影,还有被尖锐石子磨出茧、磨破皮的双脚都深深地烙印在他们心中。历经上百万次的穿针引线缝制的827双鞋垫是从不曾遗忘的感谢。

这几年,马琼霞已记不清帮助了多少个人,举办了多少次活动。为高龄老人举办集体生日会、对留守儿童进行心理辅导、宣传防灾减灾知识……从死到生,从被救助的人,到救助别人的人,马琼霞说:"我们既然活着,我们的生命就要有更多的意义。"

"我们的映秀志愿者团队,从2013年成立时的12名成员,发展到现在已经有64名成员了。"马琼霞高兴地说,虽然志愿者的平均年纪在55岁,很多人都当了爷爷、奶奶,但是大家对参加志愿活动乐此不疲。

马琼霞说,在当地人眼中,映秀是一个大爱之镇。正是在全国各地无私援助下，映秀镇才重新崛起，并且变得更加美丽。如今，镇上的人家几乎家家开客栈或餐馆、茶馆，一到旅游旺季就忙得不可开交。马琼霞家如今住上了两层小楼，并且开了一家"雨菲"客栈。网友评价道："老板热情，住着舒心，房间也干净卫生，给个好评！"像马琼霞一样，映秀人曾经历过苦难，接受过他人的帮助，因而在面对他人的时候，总不自觉地多了一份友善，添了一份热情。

2018年春节前夕，习近平总书记在四川省考察时来到映秀镇，看望这里的群众。"看到习总书记来到我们中间，和我们握手，我当时一下子就哭了，太激动了！"提起当时的情景，马琼霞仍然热泪盈眶，"我们受了大灾，但没几年就过上了好日子，这都离不开党和政府啊！"

习总书记离开时，映秀人一起唱起了《映秀花开了》。这首歌是映秀人最爱的歌，"映秀花开了，鸟儿飞来了，山清水秀的地方，充满生机和希望……"

侗 族

陆婷：巧手绣出新生活

祝福　　在党和国家的重视下，古老的侗族刺绣又"火"了起来。姐妹们有了自己的收入，在家里说话硬气了。感谢党的好政策！祝祖国繁荣昌盛，我们的生活越来越美好！

国家民委

中国民族报

学习强国

扫描二维码观看本片视频

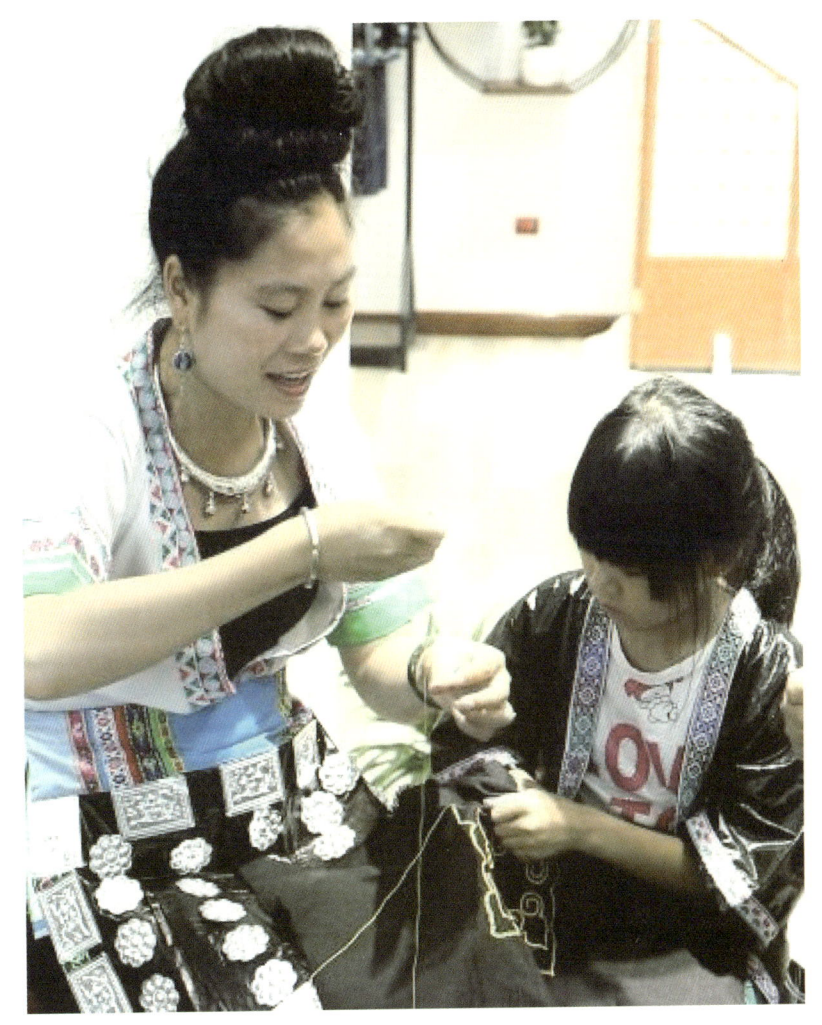

陆婷（左）向绣娘传授刺绣技法。　马永摄

陆婷：巧手绣出新生活

■ 王　珍　　马　永

幼年时遭遇的一场火灾，造成贵州省黔东南苗族侗族自治州黎平县侗族姑娘陆婷右手食指残疾。从那时起，她再也没摸过绣花针。从凯里学院旅游专业毕业后，她回老家当了一名代课老师，业余时间走村串寨去家访，帮助贫困学生卖绣片，逐渐对侗族刺绣产生了兴趣。

2011年，侗族刺绣入选国家级非物质文化遗产名录。然而，在当时的侗乡黎平，年轻人纷纷外出务工，侗族刺绣面临着传承危机。

陆婷的母亲是远近闻名的刺绣高手，却常常发愁找不到徒弟。母亲身患重病后，孝顺的陆婷决定重拾绣花针。那一年，她26岁。

为拜师学艺，陆婷四处奔走，有时一天跑好几个寨子。很多老绣娘看到她的手指都摇摇头，劝她不要白费工夫。陆婷却不信邪，她帮老绣娘干农活，软磨硬泡，终于打动了她们。最终，她学会了十余种侗族刺绣的绣法。

为了熟练掌握技艺，陆婷吃了多少苦，外人很难知道。别人半小时能完成的工作，她往往要一两个小时才能完成。

功夫不负有心人。经过勤学苦练，陆婷逐渐将不同的绣法融会贯通，形成了自己独特的艺术风格。她的手工刺绣作品"子孙背带""行歌坐月图"分别获得2014年在长沙举办的"民族刺绣博览会"刺绣类二等奖、2014年杭州刺绣博览会金奖。

党和国家对传统文化的高度重视和旅游业的兴起，让一度衰落的侗族刺绣迎来了新的生机。头脑灵活的陆婷趁势而上，创办了彦婷手工刺绣坊，并以"公司＋基地＋农户"的形式发展刺绣产业。

从一个人富裕到带动一群人富裕，陆婷在侗乡黎平掀起了一股"刺绣旋风"。"我们的嘴不仅可以吃饭，还可以唱歌；我们的手不仅可以干农活，还可以绣出美丽的绣品。"这是陆婷常常用来鼓励绣娘的一句话。

2019年7月11日，黎平县双江镇高构村幼儿园的操场上，一大早就聚集了几十位拿着丝线和绣片的绣娘。她们都是高构村民族手工刺绣产品培育培训班的学员。

高构村是一个偏远的侗族山村，有234户989人。由于交通不便，村里贫困发生率超过30%，2019年尚有38户109人待脱贫。

"听说彦婷手工刺绣坊可以免费培训绣娘，并以订单形式为绣娘提供刺绣业务，绣好后公司统一收购，于是决定请他们到村里来举办培训班。"贵州省大数据局驻高构村第一书记林文全说。

早上8点，陆婷从黎平县城出发，行车一个半小时，辗转到了高构村。她仔细查看了绣娘们头一天的刺绣成果，对她们的进步予以肯定，并给绣娘们加油打气："我们就是要靠自己的双手，让日子一天天好起来！"

为庆祝新中国成立70周年，陆婷为学员们设计了"福""龙""凤"等刺绣图案，还自创了绞绣针法。"习近平总书记说，各民族要像石榴籽一样紧紧地抱在一起，绞绣针法就是各民族大团结的象征。"陆婷说。

相比传授刺绣技法的"术"，陆婷更愿意与绣娘们谈心，鼓励她们树立自力更生、勤劳致富的"志"。她充满感情地对绣娘们说："过去一年，村里来了很多领导，他们来帮我们过上好日子。但未来持续过上好日子，还得靠我们自己努力，大家说对不对？"绣娘们纷纷点头认可。

30岁的吴培桃是村里的建档立卡贫困户。公婆去世后，她只能在家里照看两个孩子，不能外出务工，日子过得紧巴巴的。听说村里要开设刺绣培训班，吴培桃赶紧报了名。

27岁的韦昌艳从小跟着母亲学习刺绣，但从来没有靠刺绣挣过钱。

听说培训合格的学员不仅可以拿到订单业务，还不用担心销路，韦昌艳学得格外认真。

经过多方努力，目前陆婷共创办了7处侗绣基地，带动两千余人就业，每位绣娘每年至少增收一两万元。由于在脱贫攻坚中的突出贡献，陆婷先后荣获"五四青年奖章"、贵州省脱贫攻坚标兵等称号。

从十多年前帮人销售绣片开始，陆婷就意识到，民族传统刺绣如果不进行革新，主动融入现代生活，就不可能拥有市场。于是，她将侗族刺绣图案植入到日常生活中的每个细节之中，小到女性喜爱的耳环、戒指、手包，大到桌布、抱枕、服装，这些实用性与艺术性兼备的创新产品取得了很好的市场反响，每年销售收入达一千多万元。

现在，陆婷注册了"侗青婷"商标，筹建了"彦婷刺绣"艺术文创工作室，在打造自有品牌道路上迈出了重要一步。"侗族盛装上的刺绣精美繁复，但是绣起来费时费力，主要用于收藏，市场需求小。我们对侗族刺绣图案进行简化，绣娘易学易绣，主要用于市场空间广阔的民族便装。"陆婷说。

每天闲暇时间，十几位绣娘聚集在"彦婷刺绣"工作室，大家唱着侗歌，快乐地穿针引线，一个个绚丽多姿的图案在她们的巧手下绽放，同时绽放的，还有无比灿烂的未来。

佤　族

魏金龙：阿佤人民再唱新歌

祝福　从一夜跨千年，到住上安居房，这是中国共产党领导下社会主义中国才能办到的大事。共产党的恩情，我们世代铭记。佤族人民，世世代代跟党走。共产党怎么说，阿佤人民就怎么做。愿祖国越来越强大，祝各族同胞越来越幸福！

国家民委

中国民族报

学习强国

扫描二维码观看本片视频

魏金龙（左）入户与村民交流。　　张国欣摄

魏金龙：阿佤人民再唱新歌

■ 张国欣

晨曦微露，佤山云海刚染上一片金色，魏金龙就和同事们走在了入户的山路上。今年42岁的魏金龙，是云南省西盟佤族自治县中课镇党委书记。

"自从我走上工作岗位，一刻都不敢松懈。"魏金龙说，他时刻铭记着自己是在党和国家培养下成长起来的一名佤山干部，也是脱贫攻坚战场上的一个兵。

魏金龙出生在佤山深处的一个寨子，见证过佤山的贫困。

"我小的时候，缺吃少穿。天天盼着过年，能吃上一顿肉。"回忆起儿时的生活，魏金龙印象深刻。8岁时，他才进入村小上一年级。

"课桌就是几根木桩支起一块木板,两个同学使用一套课本。带到学校的午餐,是米饭和盐巴。"魏金龙说,当时读书的条件可谓艰苦,"假如不是党的政策好,我可能读完小学三年级就辍学了"。

当时,有一个政策,各村小三年级的少数民族学生,可以通过考试择优进入西盟县民族小学读书,学费和住宿费全免,每月还有一些生活补贴。

就这样,魏金龙第一次来到县城,从小学读到初中、高中。1996年12月,魏金龙即将高中毕业,一则征兵启事,再次改变了他的人生路线。

"从小,家人就常给我讲解放军好。我觉得,好男儿一定要保家卫国。"魏金龙毫不犹豫地报名参军。出发那天,全村人敲锣打鼓来送他。19岁的魏金龙来到了重庆某部队服役。

"从军5年,影响了我的一生。部队生活,培养了我的大局意识和雷厉风行的行事风格。"抚摸着珍藏的军装,魏金龙说,"如果说我在脱贫攻坚工作中做出了一些成绩,这些是重要的因素。"

山城重庆的繁华也深深地震撼了这位佤山青年。"我在想,什么时候,我们佤山也能有这么宽阔的马路、这么多车、这么多高楼……"

2001年,阿佤山的孩子回来了。复员到基层工作的魏金龙说,看过大山外面的世界,更有了战胜贫困的决心。

"佤族是从原始社会直接过渡到社会主义社会的民族,所以我们开展工作更要讲究方式方法。"回忆起这15年来在中课镇工作的经历,魏金龙说。

很长一段时间,魏金龙和同事们要到田间地头,拉着线,教村民们如何把秧苗插整齐;要挽起裤腿弯下腰,手把手教乡亲们田沟应该挖多深；要拿着扫帚和抹布，教村民如何打扫家庭卫生；还要用佤语和普通话、用歌舞表演，把党和国家的政策宣讲清楚……

"我们的办公室，就是田间地头；我们的办公纸，就是佤山大地。"魏金龙说，基层工作虽然辛苦，但是看着乡亲们的生活一天天改善，心中是无限的欣喜。

"党的十八大以来，佤山的脱贫攻坚进程大大加快了。"魏金龙说，在党和国家的关怀下，佤山人民办成了许多过去想办而没有办成的大事。

千百年来，佤山群众住的都是茅草房、杈杈房，人畜混居，冬不避风、夏不遮雨，阿佤人民世代盼望能住进好房子。

事实上，云南省对佤族地区的民房改造进程一直没有停过，从最初给每家2000元物资补助，到后来给4000元、1万元、1.2万元资金补助，尽管补助金额不断提高，但是盖房子不是小事，很多贫困群众即使拿到了补贴，也盖不起房子。

解决特殊问题，需要超常的办法。2015年7月30日，"西盟孟连农村安居工程"启动，计划用两年时间让佤山的每一户乡亲都能住进好房子。

"困难很多啊！"回忆起安居工程建设的那两年，魏金龙仍然十分感慨。

补助金额比以往都高，但还是不够；群众可以贷款，但没几个人敢贷。为此，魏金龙和同事们挨家挨户地做工作。白天怕耽误乡亲们干活，就晚上打着手电筒去。一万多套房子要同时开工，而全县只有两个砖厂，砖石从哪里来？魏金龙和同事们开车去周围县市找砖找砂，最远找到了8小时车程之外的县城。

雨下个不停，建筑材料运不进寨子，眼看就要耽误工期，怎么办？干部们披着雨衣，拿着铁锹，带领乡亲们连夜抢修被雨水冲垮的山路。

最终，佤山人民千百年来的安居梦想，实现了！

"退不是办法，干才有出路！"魏金龙眼睛里闪烁着光芒，"这应该值得我们每一位佤山干部骄傲一辈子吧。"

如今，在西盟县，每个村民小组都成立了脱贫攻坚委员会，村民们自己选举产生了生产委员、生活委员、宣传委员、治安委员。扶贫对象转化为扶贫力量，村村寨寨建起了一支"永不撤走的工作队"。

2018年，魏金龙当选了全国人大代表。"乡亲们知道我要去北京，都带着一大堆心里话来找我。让我把家乡的好生活，讲给习近平总书记，讲给党中央。"魏金龙说，"党的光辉照边疆，边疆人民心向党。我们阿佤山的干部和群众，一定会建设好家乡，守护好边疆。"

哈萨克族

居马泰·俄白克：牧民健康的守护者

> **祝福**
>
> 今年是新中国成立70周年，我在遥远的伊犁祝愿祖国繁荣昌盛，愿各族群众都有幸福健康的美好生活。

国家民委　　　　中国民族报　　　　学习强国

扫描二维码观看本片视频

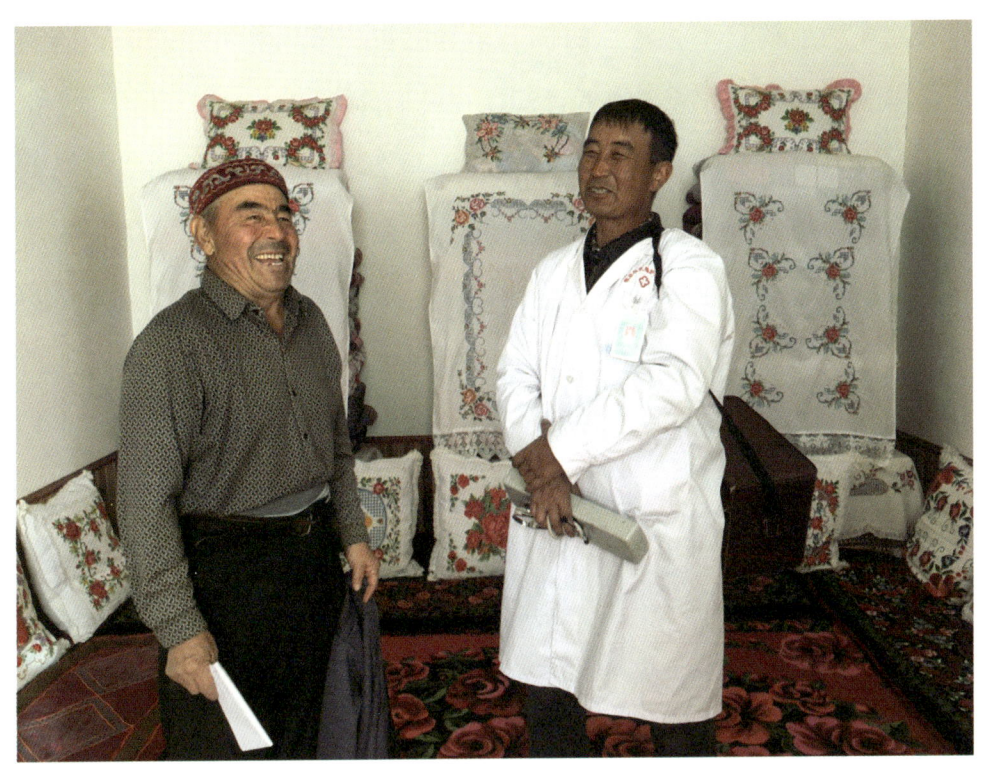

包扎墩牧区的牧民都十分尊敬居马泰·俄白克（右）。安宁宁摄

居马泰·俄白克：牧民健康的守护者

■ 安宁宁　吴　盼

连绵的大山此起彼伏，一眼望不到头，马儿颤巍巍地走在羊肠小道上，一侧便是悬崖峭壁。唯一陪伴在居马泰·俄白克身边的就是皮药箱和马褡子，那是牧民们远离病痛的希望……这一幕景象，是居马泰·俄白克二十余载从医生涯的真实写照。

今年55岁的居马泰·俄白克，是新疆维吾尔自治区伊犁哈萨克自治州特克斯县包扎墩牧区的一名哈萨克族医生。从医27年来，他没有什么惊天动地的壮举，治疗的也大多是感冒、腹泻等常见疾病，但就是这样一名普通的医务工作者，却让牧民们离不开他。

时间退回到1992年的那个夏天，居马泰·俄白克从新疆伊宁卫生学校毕业，被分配到包扎墩牧区卫生所工作。当时，任乡卫生院院长的父亲，把陪伴自己多年的药箱送给了他。"小马驹长大了，大马要休息了。你要好好干，做个称职的医生，这个药箱就是我的眼睛，我会一直看着你。"居马泰·俄白克至今仍记得父亲的教诲。

在哈萨克语里，"包扎墩"意为未开发之地，它是特克斯县最好的天然冬牧场，总面积2200余平方千米，平均海拔3000多米，共有1500户4000余人。进入包扎墩冬牧场的路途十分艰险，许多地方的路面只有七八十厘米宽，只能容下一匹马或两只羊并排通过。因为牧民们居住分散，居马泰·俄白克每巡诊一次至少需要二十多天，如果遇到大雪封山，要走一个多月。

刚参加工作时，居马泰·俄白克也有过畏难情绪，一度想放弃这份工作。但一段时间后，他感受到这份工作对于牧民来说是多么重要，便决定留下来。"我们是牧民的孩子，牧民也离不开我们。"居马泰·俄白克深情地说。

凭着这份深情，居马泰·俄白克战胜了不少困难，熟悉了牧区的每一道沟壑、每一户牧民。"我经常对自己说，不把险峻的山道走遍，别说给人治病，连路都找不到怎么治？"居马泰·俄白克说。

二十多年来，居马泰·俄白克每年有三百多天在牧区巡诊，日夜兼程、风餐露宿，当地很多牧民称他为"包扎墩牧区的飞机"（意为随叫随到）。

从医以来，居马泰·俄白克接生过很多孩子，包扎墩牧区不少孩子的名字都是他起的，孩子们都叫他"居马泰爸爸"。2003年12月，铁热克村镇牧民努尔的妻子即将分娩，居马泰·俄白克便留在附近巡诊，直到孩子出生。之后，他坚持在努尔家看护了7天，看到母子平安，才放心离开。对此，努尔十分感动，坚持让居马泰·俄白克给孩子取名字。

这些年，新疆的交通、教育、医疗等基础设施条件得到极大改善，居马泰·俄白克所在的包扎墩卫生院的医疗条件也越来越好。

"以前卫生院只有两间平房，能看些头疼脑热的小病。现在，卫生院不仅有100多平方米的门诊室、100多平方米的中医治疗室，还有10余间病房，医护人员也从8名增加到18名，并且通了电、自来水，配备了通信设备。"说起如今的工作环境，居马泰·俄白克打心眼里高兴。

前两年，通信公司专门在卫生院修建了信号塔，以便牧民在遇到突发疾病等紧急情况时，可以第一时间用手机联系到医生。

为了提高诊疗水平，居马泰·俄白克还到特克斯县中医院学习维吾尔医等特色医疗。"各方面条件好了，我要努力学习专业技能，更好地为群众服务。"居马泰·俄白克说。

居马泰·俄白克一家5口人住在距离特克斯县城不远的乔拉克铁热克镇。虽说是家，但他一个月在家也住不了几天，家里的事情全靠妻子忙活。每次回到家，哪怕只有一天，他也要到几个患有慢性病的邻居家走访。

80岁的阿吾尔达·合德尔，患有高血压，需常年吃药。"不管白天晚上，只要居马泰·俄白克医生在家，给他打一个电话，他就过来。"老人说。

2015年9月30日，居马泰·俄白克与来自西藏、内蒙古、广西等地的 12 名全国基层民族团结优秀代表一起，在北京人民大会堂受到了习近平总书记的亲切接见。

时至今日，居马泰·俄白克时常感觉习近平总书记的话还在耳边。居马泰·俄白克说，总书记向他提了两个要求：一是好好学习，二是做好民族团结工作。

回到家乡后，居马泰·俄白克经常利用看病的机会，向牧民们宣传党的惠民政策、民族政策和卫生保健知识等，努力把党的声音及时传达到牧民身边。

"中华民族是由 56 个民族组成的大家庭，在我眼里，患者没有汉族、维吾尔族、回族、哈萨克族之分，他们都是病人，我就是他们的医生。"居马泰·俄白克表示，新疆是多民族地区，民族团结就像阳光、空气一样重要，自己要通过日常工作和生活中的一言一行，将民族团结的思想传达到家家户户，绝不辜负总书记的期望。

布依族

孟平红：让老百姓都能吃上"放心菜"

祝福

投身蔬菜研究行业三十多年，让老百姓淡季吃上菜、种地能赚钱的愿望在一步步地实现。我庆幸自己赶上了一个好时代，党和国家给知识分子提供了实现愿望的大舞台。祝愿伟大祖国繁荣昌盛，我们的日子越过越好。

国家民委　　　　中国民族报　　　　学习强国

扫描二维码观看本片视频

孟平红在实验室观察种苗的生长情况。　马永摄

孟平红：让老百姓都能吃上"放心菜"

■ 王 珍　马 永

贵州省农业科学院园艺研究所所长孟平红的办公室里，总是放着好几双鞋子——平时穿皮鞋，下地下乡穿运动鞋或雨靴。

2019年7月9日早上7点半，孟平红出发了，她要到清镇市的蔬菜基地进行技术指导。为了节约时间，她在车上简单地吃了早餐，然后开始查看基地的技术方案。

汽车在平坦的高速路上奔驰，穿山越洞，一座座连绵起伏的山峰不断向后退去。一个小时后，孟平红抵达了清镇市红枫湖镇右七村，这里是贵阳市的蔬菜保供基地之一。

清镇市农业局蔬菜工作办公室主任郭荣宽、贵州长津农业生态科技有限公司总经理吴长津早已在基地等候孟平红。他们引种试验的辣椒新品种马上就要验收了，却发现有一些辣椒植株没来由地死了，让他们很着急。

孟平红仔细查看了辣椒的生长状况，又观察了周边的地形，很快找到了辣椒的死因："辣椒不耐涝，喜欢干爽的环境，辣椒被水淹数小时后植株就会出现萎蔫，严重时会导致死亡。近期贵州降雨频繁，这些地势低洼处的辣椒有些就死了，你看那边生长在地势较高地方的辣椒长势就好得多。"

"这个品种的纯度不够，抗病性也差，不太适合我们这里的气候和环境。建议你们不要盲目引进种植。"孟平红提醒说。郭荣宽、吴长津恍然大悟。

吴长津对孟平红充满了感激。他于2008年开始种植蔬菜，但是品种选择和栽培方法不对路，年均每亩产值仅两三千元。2010年，在一次科技培训中，他认识了前来讲课的孟平红，经过孟平红的指导，他逐步探索出蔬菜高效种植的方法，如今年均每亩产值突破1万元。500多户农户加入了他的专业合作社，每户年收入超过3万元。

相比很多人搞科研热衷于发论文，孟平红觉得，实实在在地让老百姓获益，是一件更为有意义的事。

"地无三分平、天无三日晴、人无三分银"，这是俗语中对贵州省自然环境的形容，也是过去贵州省农民生活贫困的写照。20世纪80年代以前，贵州不少地区的老百姓吃蔬菜靠外省供应。

1988年，孟平红从西南农业大学蔬菜专业毕业，进入贵州省农业科学院工作。工作伊始,她就确立了一个奋斗目标:让贵州省的老百姓都能吃上"放心菜",让贵州省的农民因科学种菜而脱贫增收。

贵州山多,"一山有四季,十里不同天",不同区域的气候条件迥异,最低海拔仅 100 多米,最高海拔近 3000 米,形成了贵州立体气候的特点,适宜大规模发展反季节的绿色蔬菜。

"贵州的高海拔地区气候冷凉,拥有'天然空调'的优势,可以在夏秋季节生产喜凉蔬菜;低海拔地区热量丰富,拥有'天然温室'的优势,可以在冬春季节生产喜温蔬菜。抓住气候优势发展不同季节的蔬菜,可错峰供应不同的市场。"孟平红说。

在贵州省农业科学院老专家李桂莲的指导下,孟平红带领团队在贵州省率先提出并开展了蔬菜"321"(年亩产值 3、2、1 万元)高效种植技术研究与示范,结合气候特点和市场需求,研究总结出适宜不同生态区的一年多茬蔬菜高效种植技术模式 100 余套,引进国内外 15 个种类 231 个蔬菜品种进行引种试验,鉴选出 61 个优良品种推广应用。

人们常用"白菜价"来形容价格便宜,但是在每年 3 月至 5 月蔬菜淡季上市的白菜可是"香饽饽",价格达到 1 元多一斤。孟平红团队研究的"辣椒套种春大白菜——水稻——秋冬果菜"的高效栽培模式,一年可以达到 3 季 4 熟。仅套种春大白菜一季,每亩平均增收约 5000 元。近 8 年,孟平红带领团队累计示范推广蔬菜高效种植 242 万亩,惠及农民近 19.4 万户,实现了贵州蔬菜产业由"185"(年亩产值 1 万元、8 千元、5 千元)向"321"的转型升级。

作为贵州省的省管专家、研究员、第十三届全国人大代表,孟平红用智慧和对家乡深沉的爱书写着科技扶贫的灿烂篇章。她先后荣获全国五一巾帼标兵、贵州省五一劳动奖章、省优秀青年科技人才、"帮联驻·服务三农"先进个人等荣誉称号。

孟平红是从黔南布依族苗族自治州平塘县飞出的布依族"金凤凰",有一副"金嗓子"。然而,这些年长期到村寨搞培训、开"坝坝会",经常是没教室、没麦克风,靠她扯着嗓子给乡亲们传授蔬菜种植技术,把嗓子给喊"破"了。

孟平红的嗓子里长了一个囊肿,医生建议做一个小手术,至少需要噤声半个月。实验室育种、基层地区科技培训、全国人大代表履职,哪一项不需要和人沟通、交流?她只好把做手术的时间一拖再拖。

孟平红每次下乡,都愿意和老乡们一起对对歌,歌声也成为她和老乡们交流的重要桥梁。"孟老师,我们新学会了一首歌,特别好听,我们唱给你听听吧。"喜爱唱歌的韦明秀自告奋勇地唱起来:"红枫湖水绿莹莹,民族团结出精英,各族人民齐奋斗,努力建设新农村……"

听了这首发自肺腑的《红枫湖水绿莹莹》,孟平红的思绪飘向了远方。她想起自己从事农业的初心:越是贫困落后的地方,就越需要科技的支撑。我学的东西在贵州省有用武之地,造福农民、报效祖国是我应尽的职责。

孟平红也忍不住跟着大声唱起来:"红枫湖水绿漾漾,西部开发建设忙,各族人民齐奋斗,努力建设奔小康!"

傈僳族

此路恒：峡谷深深，红歌嘹亮

祝福　没有党的好政策，我们就过不上今天的好日子。我们唱红歌是发自内心的。新中国成立70年了，愿祖国繁荣昌盛，愿我们的好日子一直持续下去，愿我们的红歌一直唱下去！

国家民委

中国民族报

学习强国

扫描二维码观看本片视频

此路恒（左）和合唱团成员正在排练。　肖静芳摄

此路恒：峡谷深深，红歌嘹亮

■ 肖静芳

怒江在高黎贡山和碧罗雪山之间蜿蜒流淌，造就了深邃的"东方大峡谷"——怒江大峡谷。沿怒江两岸居住的傈僳族同胞，喜爱唱歌对调，尤擅无伴奏合唱，素有"盐，不吃不行；歌，不唱不得"之说。

每逢周末或农闲日，云南省怒江傈僳族自治州福贡县鹿马登乡赤恒底村委会的会议室都十分热闹，几十位傈僳族农民聚在一起唱歌、排练。《没有共产党就没有新中国》《社会主义好》《山丹丹开花红艳艳》……一首首嘹亮的红歌从这个山中小屋传出，在山谷中回荡。

这是一个完全由农民组成的红歌团，没有任何资金支持，但团员们"一唱惊人"，9年来，从县唱到州再唱到省，唱上了国家级舞台。

而这都离不开农民红歌团的团长、创办者——此路恒。

此路恒身有残疾，小儿麻痹症夺去了他正常行走的能力。小学五年级时，他主动辍学，因为不能跑跑跳跳的自卑感总压迫着他，他不想待在学校里被同学笑话。

辍学后，随着年龄渐长，此路恒后悔了："我再这样荒废着，就真成废人了！"母亲说："你腿不行，脑子可好着呢！"一语惊醒梦中人。从此，他的人生字典里再也没有"自卑"两字。

"我要自己干出点样子来，绝不能成为家里的负担。"凭着这个信念，此路恒活成了"拼命三郎"。种菜种瓜、养猪养鸡，他样样尝试，"人一能之，己百之"。2000年，他敏锐地发现手工织的麻布虽然卖布利润少，但是做成衣服能卖上好价钱，裁缝手艺大有可为。

此路恒所在的赤恒底村，虽然家家有织布制衣的传统手艺，但是家庭作坊存在布料粗糙、样式单一、工艺落后等问题，已不适应时代发展的需求了。此路恒便购置了缝纫机、边缝机、熨斗机等设备，从事新式的民族服饰加工制作。由于肯琢磨、下工夫，他设计制作的民族服饰款式新颖、做工精致，很快打开了市场。

副业旺了，农民的主业也没丢。此路恒是福贡县第一批响应政府号召，大面积种植草果的人。三百多亩草果，每年带来收入二十多万元。

腰包鼓了，此路恒多年来埋藏在心中的音乐梦被唤醒了，那就是组建一支傈僳族农民红歌合唱团。

此路恒从小爱唱歌，妈妈的歌声给了他最初的音乐启蒙。小学辍学后，他没机会上音乐课，就自己购买了中小学的音乐课本，自学了乐理知识。21岁时，他到缅甸专修了1年合唱课程。热情和天赋促使此路恒创作、录制了一批民族歌曲，成了十里八乡小有名气的"傈僳阿此"。

此路恒知道乡亲们中还有很多像他一样爱唱歌的，2010年起便发动村民组建合唱团。但现实很快给了他当头一击。大家高兴时聚在一起唱唱歌、散散心可以，可是花大把的时间待在一起练歌，谁有这个闲工夫呢？村民们要务农、要打工，出去干活一天能挣100元，这是最现实的生计问题。

"不务正业。"不少村民在背后指责此路恒，他承受了前所未有的压力。"40岁之前没掉过泪，为了把红歌团搞起来，哭了有十多次。"此路恒说。

压力之下，此路恒正视问题：怎么能让乡亲们心甘情愿留在合唱团呢？怎么能让大家不出远门就挣到钱、不为生计所苦呢？

没有别的办法，只有带领大家一起致富。2013年7月，此路恒创建福贡群发民族服饰加工专业合作社，吸纳村民入社。在州县有关部门的指导下，合作社不断推陈出新，制作的民族服饰逐渐远销缅甸、新加坡、印度等国家。目前，合作社开发了包括民族特色校服等在内的30多种民族服饰，年生产能力达4万套。2017年，合作社收入达370多万元，带动40多户村民户均增收5万多元。

"现在合作社社员全部是红歌团成员，我们劳动间歇就唱歌，唱了歌，干活的劲头更足了。"此路恒说。每次唱歌时，拄着拐杖的此路恒总是意气风发、精神饱满地站在最前面，充当领唱兼指挥。

由于一些上了年纪的村民们不太懂汉语，此路恒便使出浑身解数，同时向专家请教，亲自"操刀"，把三十多首经典红歌翻译成了傈僳语。"首先歌词大意不能变，同时还要考虑押韵问题，对我这个小学没毕业的人来说还真是个挑战。"此路恒说。

如今,"农民红歌合唱团"已成功注册,有稳定的成员 43 人。红歌团所在的赤恒底村第四小组还成立了党支部,此路恒当选为党支部书记。

用傈僳语唱红歌、颂党恩,这个农民红歌团逐渐唱出了风采,唱出了品牌。在云南省庆祝建党 90 周年文艺汇演中,红歌团获得表演一等奖和组织奖。2013 年,红歌团代表云南省参加中国第十届艺术节"群星奖"汇演,获得很高的赞誉。

"唱红歌的时候,我总是情不自禁地流泪。在我心里,党就是亲爱的妈妈。没有党,就没有我们今天幸福的生活。"此路恒说。

俄罗斯族

阿列克散代尔·扎左林：拉起手风琴，奏响团结曲

祝福 党和国家对民族文化的重视，让手风琴奏响新旋律。作为俄罗斯族巴扬手风琴传承人，我非常荣幸，同时也希望通过手风琴将更多不同民族的人凝聚到一起。今年是新中国成立70周年，祝祖国母亲越来越繁荣富强，衷心祝愿缤纷多彩的中华文化保护得更好、弘扬得更好！

国家民委

中国民族报

学习强国

扫描二维码观看本片视频

阿列克散代尔在手风琴展览馆里。　　张国欣摄

阿列克散代尔·扎左林：拉起手风琴，奏响团结曲

■ 张国欣　　汤新部

新疆维吾尔自治区伊犁哈萨克自治州伊宁市六星街，一排不起眼的楼房里，不时传出悠扬的手风琴声和欢快的笑声。从窗外望进去，一个忙碌的身影在各式各样的工具间穿梭着，这是俄罗斯族店主阿列克散代尔·扎左林在给顾客维修手风琴。

手风琴，是俄罗斯族喜爱的传统乐器。从小生活在伊犁河畔的阿列克散代尔，对手风琴情有独钟。阿列克散代尔记得，小时候，父亲买过一台手风琴，他经常在院子里和邻居一起拉琴，一起唱歌。只要父亲的手风琴声响起，大家就会跟着跳起舞来。每到这时，父亲就是人群里的焦点。街坊邻居们围着父亲，跳啊唱啊，十分欢乐。

从那时起，手风琴之梦就在阿列克散代尔心里悄然扎了根。"我当时就想，一定要学会拉手风琴。"阿列克散代尔说。

15岁那年，阿列克散代尔得知父亲的朋友家有一台闲置的巴扬手风琴要出售。为了得到这台琴，阿列克散代尔每天都到伊犁河打鱼挣钱。热辣辣的阳光把阿列克散代尔的后背晒得生疼，由于长时间用力拖拽渔网，他的双手长了一层厚厚的老茧。一个夏天的时间，他终于凑够了350块钱，买到了这台琴。他兴奋极了，抱着手风琴一路小跑回到家中。

"一台琴不过瘾！"从此，阿列克散代尔走上了手风琴收藏之路。几十年来，他利用自己修琴的收入，收藏了八百多台手风琴。

作为琴师的儿子，阿列克散代尔从10岁开始，就跟着父亲学习手风琴的演奏和修理技巧。长期耳濡目染，他掌握了一手修琴绝活。琴的零件坏了，他从不送回原厂换零件，而是根据情况自制风箱、簧片等。他不需要用调音器，只需把耳朵贴在手风琴上，慢慢推拉风箱，就能一遍遍确认音调是否准确，一遍遍进行校准。

1990年，在伊宁市民宗局的帮助下，阿列克散代尔开了一家手风琴修理店，国内外的朋友都慕名前来，请阿列克散代尔修琴，这也为他收藏手风琴带来了便利。

阿列克散代尔收藏的八百多台手风琴各式各样，有中国的百乐、长江，德国的霍纳，苏联的图拉等品牌。每台琴，他都能讲出一个故事，家里最好的位置都留给了心爱的手风琴，他的家也成了手风琴博物馆。

伊宁市六星街拥有较长的历史，街道两侧分布着风格各异的建筑，居住着汉、回、哈萨克、维吾尔、俄罗斯等民族。为了展示当地传统民俗和地域文化，伊宁市政府正全力将六星街打造成民族特色文化街区。2018年，伊宁市出资367万元，专门在六星街为阿列克散代尔收藏的手风琴建了一个展览馆，占地面积达1200平方米。

建一座手风琴展览馆，让一台台珍藏的手风琴重新焕发魅力，是阿列克散代尔长久以来的心愿。如今在政府的支持下，这个愿望终于实现了。

"谢谢党和政府，谢谢！"看着八百多台手风琴安静地陈列在宽敞的展览馆里，阿列克散代尔的喜悦之情溢于言表。

新疆各民族优秀传统文化是中华优秀传统文化百花园中的瑰宝。2013年8月，阿列克散代尔成为自治区级非物质文化遗产俄罗斯族巴扬手风琴的代表性传承人。"现在国家特别重视各民族优秀传统文化的保护和发展，民族文化遇上了好时代。"阿列克散代尔笑着说。

几十年来，阿列克散代尔痴迷于手风琴还有一个重要的原因。"拉起手风琴，音乐响起，舞蹈跳起，陌生人也能立马熟悉起来。"阿列克散代尔说，手风琴让他交到了很多朋友。

今年年初，阿列克散代尔和几位朋友组建了一支民族团结手风琴乐队，乐队由汉、回、俄罗斯、维吾尔、哈萨克、塔塔尔、锡伯、柯尔克孜等8个民族的民间文艺爱好者组成。

"我们来自不同的民族，有不同的职业，因为手风琴，我们走到了一起，我们就是一家人。"阿列克散代尔说。

景颇族

普勒业：团结走出致富路

祝福 有国家的富强才有我们各民族的富裕，曼晃村各族群众祝福伟大的祖国更加繁荣强盛。在今后的工作中，我将继续发挥农村基层党员的示范引领作用，继续推动产业多样化、拓展产业链条，为全村经济社会的发展作出积极的贡献。

国家民委

中国民族报

学习强国

扫描二维码观看本片视频

对于曼晃村未来的发展,普勒业有许多打算。　　李寅摄

普勒业:团结走出致富路

■ 李　寅　　安宁宁

云南省德宏傣族景颇族自治州陇川县景罕镇曼晃村,偏居西南一隅,住着傣族、景颇族等群众。这个边境线上的村寨,村民的生活非

常富足，一栋乡村别墅、一台轿车基本是每家的标配。

过上这样的生活，是近十年来的事。这十年间曼晃村发生了什么？在村民看来，有两件事改变了曼晃村：一是国家的好政策，二是村里有一个好的带头人。

村民们所说的带头人，就是村党总支书记普勒业。

普勒业不是土生土长的曼晃村人，2008年之前，他生活在陇川县勐约乡。"我们原先居住在龙江沿岸的群山之中，群众是靠上山找山茅野菜、下河打鱼摸虾生活的。"普勒业说。

2008年，为了支持龙江水利枢纽工程建设，普勒业带领乡亲们从勐约乡搬迁到曼晃村，组建了新的村民小组——勐约栋。

曼晃村世代居住的多是傣族村民，移民到勐约栋的村民全部是景颇族。这样，曼晃村就成为了一个多民族聚居的乡村。

2013年5月，村党组织换届选举，全村各族群众把选票投给了"外来户"普勒业，普勒业当选为曼晃村历史上第一位景颇族党总支书记。

担任曼晃村党总支书记以后，普勒业兢兢业业。2014年，他引进了云南穗丰农业开发公司在曼晃村落户，开发大棚蔬菜种植基地，迈出了推动曼晃村农业现代化的关键一步。2015年，普勒业争取到了50万元的肉牛养殖项目，通过股份合作的方式，让村民与傣来保肉牛养殖场公司合作。此外，村集体还投资承包了景罕镇农贸市场，使村集体有了稳定的收入。

普勒业脑子灵，办法多。他指导村民将发展生猪养殖和烤酿小锅酒相结合，通过"支部＋合作社＋农户"的模式，开启了"种植粮食—烤酿小锅酒—扩大养殖业—沼气能源运用—无公害蔬菜种植"的循环经济模式。

几年间，曼晃村村民的收入成倍增长。特别是世代与苦日子相伴的景颇族村民，2018年人均收入达到了1.9万元，而2008年时，这个数字只有850元。

在多民族村寨工作，普勒业在带领村民致富的同时非常重视促进民族团结。

与勐约栋毗邻的傣族寨子陇把傣社，两个寨子之间因为一条泥土路被隔开，少有来往。普勒业说："2015年，我们村两委商量，一定要打通这条路。"普勒业一边积极向上级部门争取资金，一边发动村民参与修路。村里的提议得到了各族村民的大力支持，村民无偿让出自己的土地，不要一分钱的补偿款。

英国古典经济学家威廉·配第有句名言："劳动是财富之父，土地是财富之母。"回溯中国的历史，曲曲折折的进程都与土地问题相关。直到今天，土地问题依然是最棘手的问题之一。然而，在曼晃村，为了两个民族之间的交往交流，村民却无偿地让出了承包的土地。

1.4千米的水泥路在村民的支持下建成了，这条路把景颇族村寨与傣族村寨连在了一起。

傣族村民徐小二告诉记者："我们两个寨子这么多年来一直像一家人，景颇族过节，傣族嘎央队去跳，傣族过节，景颇族也约着过来赶摆，两个寨子的村民相处得很好。"

"道路修好后，两个寨子的傣族、景颇族群众来往更加密切了，心也贴得更近了，村民把这条路称为'民族团结致富路'。"普勒业说，"既然叫民族团结致富路，我们就要让它发挥应有的作用。"

道路修好后，村两委探索了民族团结致富路两翼经济，也就是在道路的两侧，按照"以生态旅游促进休闲农业，以休闲农业带动生态旅游，以生态旅游推动乡村振兴"的发展思路，打造以农村不同时节瓜果蔬菜种植为主的观光采摘果园、花园式垂钓月亮岛以及休闲生态农家。如今，民族团结致富路的两侧形成了生态、休闲、旅游为一体的田园式农业观光产业。

盛夏时节，民族团结致富路的两侧花果飘香、景色宜人。"以前，我们种植结构单一，主要种植甘蔗，现在我们引进百香果，通过示范种植，村民已经尝到了甜头，种植面积不断扩大。"普勒业说，"当一个村的带头人，就是要想方设法让村民过上好日子。"

傣 族

玉腊波：让古老傣医药焕发新生

祝福

党和国家对传统医学和民族文化的重视，让濒临失传的古老傣医药焕发新生。作为傣医传承人，我深受鼓舞，甚为感动，同时也深感责任重大。今年是新中国成立70周年，祝祖国母亲越来越美丽，愿源远流长的中华文化传承得更好、发展得更好！

国家民委

中国民族报

学习强国

扫描二维码观看本片视频

玉腊波在研究整理贝叶经上的傣医药古方。　　张国欣摄

玉腊波：让古老傣医药焕发新生

■ 张国欣

仲夏时节，云南省西双版纳傣族自治州的天气有些闷热。在西双版纳傣族自治州傣医院（以下简称"州傣医院"）的园圃里，玉腊波正在手把手地教一群年轻人识别和采摘草药。

这批年轻人是到医院实习的傣医专业本科生。烈日下，玉腊波脸上全是汗珠，眼中却满是欣慰。看着这群年轻人，她想起了三十多年前自己的求学时光。

玉腊波，这位西双版纳傣族自治州医专（以下简称"州医专"）第一届傣医中专班的学生，如今已是州傣医院的副院长。

"傣医药，是一门古老的学问。据贝叶经记载，傣医药传承发展已有两千五百多年历史。"玉腊波说，在缺医少药的年代，傣医药守护着傣族同胞的健康。

然而，这项千百年来傣族人民在生产生活中凝结的智慧结晶，传承过程却并非一帆风顺。

傣族历史上并没有专职的医疗机构或医生，傣医药使用和傣医治疗活动大多散见于民间、佛寺，没有进行过系统地挖掘、整理，很多秘方药方随着老傣医的离世而消失，靠民间传授的傣医药一度面临失传的境地。

"改革开放后，傣医药的挖掘和保护得到了重视。"玉腊波介绍，1979年，西双版纳傣族自治州民族医药研究所成立，专门抽调医药卫生技术人员从事傣医药的发掘及相关史料、民间秘方验方的收集、翻译和整理出版工作。

为了专门培养傣医药人才，1986年，州医专开设了傣医中专班，玉腊波成为第一届学生中的一员。

尽管已经过去了三十多年，但是玉腊波对当年上课的情景仍记忆犹新。

"一批名老傣医走上了讲台。当时，教材教具都很缺乏，但同学们都特别认真，学起来废寝忘食。"玉腊波说，这也是傣医药教育首次从民间登上学历教育的讲台。如今，傣医药已被纳入大专、本科教育系统，傣医药人才的培养层次越来越高。

玉腊波毕业的前一年，州傣医院成立，这是一家集科研、教学、临床诊疗为一体的机构。毕业后，玉腊波进入州傣医院工作，一晃就是三十多个年头。可以说，她亲眼见证了傣医药在这三十多年里的传承和发展历程。

"能在年少时与傣医药结缘，并为之奉献一生，应该说我和傣医药都遇上了好时代。"玉腊波笑着说。

为了抢救那些散落在民间的经方验方，玉腊波和同事们走乡串寨，拜访民间傣医；为了唤醒那些"沉睡"在贝叶经里的古方秘方，玉腊波和同事们拿着放大镜研读贝叶经，常常是通宵达旦……

"很苦，很累，但成效还不错。"玉腊波说。这些年，州傣医院出版了《西双版纳傣药志》《嘎牙山哈雅》《傣医诊断学》《傣医四塔五蕴理论研究》等三十余部傣医药著作，为傣医药学科建设和傣医药教育体系的建立奠定了基础。2011 年，傣医药睡药疗法被列入第三批国家级非物质文化遗产名录。

最让玉腊波高兴的是，2006 年国家出台了《传统医学师承和确有专长人员医师资格考核考试办法》等，使未受过现代医学教育，但得到患者广泛认可的民间传统医生们得到了国家的认可。"这充分体现了党和国家对传统医学的重视。"玉腊波说。

顺应时代发展，傣医药和现代医学进行了创新性结合，正在焕发出新的活力。

"比如说我们将放射科检查与传统骨科疗法相结合，使骨复位和后期康复更高效，减少了患者的痛苦。"玉腊波说，"目前，我们的骨科、风湿科、皮肤科治疗等传统强项，与现代医学结合后疗效更佳，每年都有来自国内外的患者上门求医。"

过去，由于没有标准，傣药的制作依傣医个人的经验和习惯而定，从而影响了傣医药的治疗效果，也制约了公众对傣医药的认可。如今，在玉腊波等一批专家的努力下，西双版纳傣族自治州已经制定了一百余种傣药材标准并颁布实施。

同时，由州傣医院开发出的 43 种傣药制剂，于 2016 年进入云南省医保药品报销目录，使原本只能在州傣医院使用的傣药，能够造福于更大范围的各族患者。

傣医药传承和发展的成果有目共睹，得到了国际社会的认可。这些年，玉腊波经常受邀到泰国、老挝、越南、缅甸等国家参加学术交流、项目合作。澜湄流域的不少国家派出参观团，到州傣医院学习傣医药传承和发展的经验。

"我们也算是为祖国争了光吧。"玉腊波笑着说。

满　族

朱朝治：让农民成为有吸引力的职业

祝福　农业强，农村美，农民富，全面小康道路广，美好生活有奔头。感恩祖国，感谢党，让我们过上了安居乐业、和谐幸福的生活！愿祖国更加繁荣富强，愿各族人民生活更加美好！

国家民委

中国民族报

学习强国

扫描二维码观看本片视频

朱朝治（右）和技术员一起查看温室大棚内茄子的长势。　郭家翔摄

朱朝治：让农民成为有吸引力的职业

■　郭家翔

夏日炎炎，在辽宁省大连市金普新区七顶山街道朱家村村民孙敬春家的大棚里，一排排树上缀满了晶莹圆润、紫红透亮的大樱桃，再过几天，这些樱桃就会摆上北京、上海等地的货架，成为市民们追捧的水果宠儿。

"这是我2017年建的一个大棚，过去这个大棚主要种玉米，一亩地也就赚五六百元。"孙敬春说，"这些年朱书记带着我们搞特色农业，栽种上樱桃树以后，收入大大提高了，比以前收入翻了几十倍。"

孙敬春提到的这位"朱书记"，就是朱家村党总支书记、村委会主任，今年 57 岁的满族汉子朱朝治。十余年来，他创新发展思路，促进村民增收致富，持续改善村民生活质量，带动朱家村村民走上了小康之路。

军人出身的朱朝治，身材高大，嗓门洪亮，做事有想法、有胆量。1984 年，朱朝治退伍回到家乡，乘着改革开放的东风，他学技术，办企业，日子越过越好。2004 年，在村两委换届中，朱朝治当选了朱家村党总支书记、村委会主任。上任伊始，朱朝治就开始认真思考村子未来的发展方向。

"当时朱家村的产业结构还是以粮食生产和露地蔬菜种植为主，村民生活长期处在不饥不饱的状态。"朱朝治说。可村子地势平坦、土壤肥沃、水源充足，只种粮食和露地蔬菜并没有发挥出朱家村的潜力。他决定从调整种植结构打开局面，牵头成立了果蔬专业合作社，并担任理事长，通过合作社带动村民从单纯依赖粮食生产，转向发展具有本地特色的蔬菜和大樱桃种植业。

正当果蔬生产初具规模时，一场意外突如其来。"2007 年 3 月，一场特大风暴袭击了大连，我们村受灾严重，几年的辛苦都白费了。"朱朝治说。

倔强的朱朝治不服输，他带领村民抗灾自救，重新建起抗风险能力更强、种植空间更大的钢架结构蔬菜温室大棚。钢架结构的温室大棚当年建成并投入使用，不仅把损失降到最低，还为以后蔬菜的生产奠定了坚实的基础。

通过统一规划和施工，将水电路等基础设施建到每个大棚，引进卷帘设备和技术，使蔬菜从单季生产变为四季生产，还普及了农业标准化，畅通了农产品销售渠道。2014年，朱家村设施蔬菜园区获"国家级蔬菜标准园"称号。

村里生产的"连珠"牌茄子被认定为"大连市名牌农产品"和"辽宁省名牌农产品"，生产的大樱桃被认定为"大连市名牌农产品"。通过增强蔬菜生产优势，朱家村及周边其他4个蔬菜种植村的农民收入每年以10%至15%的幅度递增，七顶山街道农民年人均收入连续10年位居金普新区首位。

"近几年来，我们通过供给侧结构性改革，在保证蔬菜供应的前提下，重点发展樱桃种植产业。现在，家家户户基本上都有樱桃树，种植面积在3000亩左右，全村2700人，人均收入达4万元。"朱朝治说。

日子富了，村子也要变美。2012年，朱家村910户全部通了自来水，全村已经完成20多公里的柏油路铺设和屯中30多公里的水泥路入户工程，安装路灯100余盏，建成了占地3.5万平方米的民族文化广场。

"广场修起来真是好啊，我们每天吃完饭都去广场上溜达溜达。我们现在过得挺美，一点也不羡慕城里的生活。"村民刘晓旭说。近年来，朱家村先后荣获"辽宁省文明村""辽宁省民族团结进步模范村"等荣誉称号。

2015年起，朱朝治连任第十二、十三届全国人大代表。他深入村屯倾听村民意见，写成建议二十余件。针对农村基层组织干部老龄化问题越来越突出，其科学文化水平难以适应新时代农村工作需求，年轻人锻炼和发展机会少的问题，朱朝治提出"关于对村级干部任职年龄加以限制"的建议。

"党中央的政策,特别是'三农'政策,最终具体落实是由村一级干部来完成的。需要在村两委建立起一支懂农业、爱农村、爱农民的'三农'工作队伍,投身乡村振兴建设。"朱朝治说,农村干部人才结构需要顶层设计,要从国家层面来统筹考虑。这一建议得到有关部门的重视,后来作为辽宁团议案提交给全国人大。

"乡村振兴,农民会成为有吸引力的职业,农村也会越来越美。我们也越来越有干劲了!"朱朝治说。

彝　族

吉克沙龙：雄鹰，翱翔在祖国的天空

祝福　　从享受九年义务教育，到考上理想的大学，再到光荣地参军入伍，作为一名来自偏远贫困地区的少数民族学生，我切身感受到了党和国家对少数民族和民族地区的关心和厚爱，是党的好政策帮我把握好了一个又一个的人生重要节点。在新中国70华诞之际，我衷心祝愿人民军队愈来愈强，向着世界一流军队目标奋进；祝福祖国繁荣昌盛，早日实现中华民族伟大复兴的中国梦！

国家民委

中国民族报

学习强国

扫描二维码观看本片视频

吉克沙龙是一名大学生，也曾是一名战士。 吉克沙龙供图

吉克沙龙：雄鹰，翱翔在祖国的天空

■ 周 芳 汤新部

吉克沙龙，一个土生土长的大凉山彝族男孩，有着匀称结实的身材和健康自然的肤色，浑身透着一股阳刚之气。今年23岁的他是西南民族大学彝学学院的学生，也曾是中国人民解放军海军陆战队的一名战士。

"两年的部队生活是我最难忘、最值得骄傲的青春经历。"吉克沙龙自豪地表示。

"战马不怕枪声哮，雄鹰不惧路途遥。"在彝族古老的传说中，雄鹰是正义的化身，是英雄的代名词。在吉克沙龙心中，远至从军入伍的外祖父，近至新一代彝族军人的优秀代表阿西木呷、吉克克的，他们都是"彝族雄鹰"。

"小时候母亲经常对着外祖父的照片教育我，一个人年轻的时候就应该到最苦最累的地方摔打、磨炼，要有一股不服软、不认输的劲头。"自幼有着英雄情结的吉克沙龙，渴望有朝一日也能穿上戎装，保家卫国。

2016年9月，当征兵宣传的号角在西南民族大学校园吹响时，即将升入大二的吉克沙龙果断地交上了自己的参军报名表。

刚进入新兵营时，面对陌生而紧张的新生活，吉克沙龙有太多的不适应和压力。"想父母、想同学，但更担心自己在新兵营结训考核中不合格。"吉克沙龙回忆，"很多时候半夜突然就醒了，有一种想哭的冲动。"但是，当兵是自己从小的梦想，怎能轻易放弃？一定要做一名有血性的军人！吉克沙龙这样告诫自己。

坚定了这一信念，吉克沙龙给自己制订了严格的训练计划：每天早上5点20分起床训练，这比规定的集合训练时间早了近一个小时；中午战友们休息半个小时，他只休息15分钟；到了晚上，他继续加码训练，往往到半夜12点才睡觉。这套训练计划使吉克沙龙的体能和身体素质大大提高。

新兵营结训考核时，吉克沙龙以全部科目优秀的成绩被侦察连选中，成为800名新兵中第一个进入侦察连的战士。那一年，侦察连在全旅范围只要了20个新兵。就这样，吉克沙龙顺利完成了从一名大学生到一名合格军人的转变，成为海军陆战队侦察连的一名武装侦察兵。

"当兵就两件事，一件是打仗，另一件是准备打仗。习近平主席说过：'部队还是要练，要随时准备打仗，枕戈待旦不是唱歌唱出来的。'这句话让我感受特别深，也特别受鼓舞。"吉克沙龙说。

在部队的两年时间，正是因为有了训练场上挥汗如雨的摸爬滚打，有了比武场上咬牙坚持，甚至流淌鲜血的付出，吉克沙龙和战友们才练就了过硬本领，成功执行了一个个任务。

让吉克沙龙记忆犹新的一件事，是一次他所在的侦察连和某侦察单位比试 50 米崖壁攀登，指导员第一个就点名让他上去。吉克沙龙既激动又紧张，背上枪就往上爬，当爬到二十多米的高度时，突然一块被踩落的石头掉了下去。"当时我听到战友们在下面的叫喊声，可能是在提醒我注意安全，但我完全顾不上，只有一个想法，用最快的速度爬上去，为自己的连队拼一把。"最后，吉克沙龙用 1 分 38 秒的成绩完成了 50 米的崖壁攀登，在比试中获得第一名。

"那一刻，我的内心有一种从未有过的满足感和自豪感。"吉克沙龙激动地说。

时光转瞬即逝，两年的军旅生涯很快结束。在部队期间，吉克沙龙受旅嘉奖一次，并被评为"优秀义务兵"。

2018 年 9 月，服役期满的吉克沙龙回到西南民族大学继续学习。"刚回到学校时很不习惯，心里空荡荡的。"为了排遣这种失落感，吉克沙龙时常翻看相册，在回忆中重回往昔熟悉的靶场、攀登楼、岗亭，怀念对他严爱有加的副班长和指导员。

一日为兵，终身卫国。脱下军装，军魂依旧。回归学校后，除了追补学业，吉克沙龙尤其热衷于学校组织的与军事国防相关的活动。去年 9 月刚回校，他就主动承担起带领 2018 级新生和国旗班同学军训的任务，"感觉自己又回到了部队一样，特别有成就感。"

组建于 2017 年的西南民族大学军魂社是一个面向退役学生和军事爱好者开放的社团,吉克沙龙一回来就成为社团的骨干力量,与大家分享军营生活和体会、协助学校开展征兵宣传。

2019 年 4 月 23 日,中国人民解放军海军成立 70 周年海上阅兵式在青岛市举行,吉克沙龙组织军魂社成员集体观看网络直播。"场面壮观,令人震撼,我们激动得当晚彻夜畅聊,为祖国的繁荣昌盛、为中国海军的强大感到自豪。"

重返校园后,吉克沙龙重拾学业时,遇到不少困难,不过经过部队的锤炼,这些已难不倒他。他拿出了训练时的"狠劲"。"天道酬勤,我相信有付出就会有收获。"吉克沙龙说,作为彝汉双语语言文学专业的学生,他希望能为传承和创新彝族文化贡献自己的一份力量。

"我们大凉山有这么一句话,雄鹰看高飞,小伙看行为。作为新时代的大学生,我们不应该只对自己负责,更要对社会和国家负责,担当民族复兴的大任。"吉克沙龙说。

布朗族

岩少忠：用一片叶子创造美好生活

> **祝福**
>
> 党的民族政策好，春风吹遍布朗山；脱贫致富齐上路，衷心感谢共产党；撸起袖子加油干，布朗山乡奔小康。今年是新中国成立70周年，我在布朗山祝福祖国更加繁荣富强！祝福各族同胞生活幸福吉祥！

国家民委

中国民族报

学习强国

扫描二维码观看本片视频

岩少忠(右)和村民"斗茶"。 　　郭家翔摄

岩少忠：用一片叶子创造美好生活

■ 郭家翔

　　山上茶树苍翠繁茂，云雾缭绕；山下小楼鳞次栉比，处处欢笑——这里是云南省西双版纳傣族自治州勐海县布朗山布朗族乡班章村老曼峨寨。一片茶叶让这个布朗族寨子闻名遐迩。

　　生于斯、长于斯的布朗族青年岩少忠，见证了布朗山乡从摆脱贫困到迈向小康的蜕变历程。

　　天刚亮，岩少忠就从家中出发了，他要上山帮乡亲采茶。清晨采收的茶叶品质最佳，但是偌大的茶山，仅靠一家一户的力量，难以及时采收完毕，寨子里的乡亲们便互相帮忙采摘。

十几年来，这个布朗族寨子依靠茶叶获得了前所未有的财富。乡亲们互帮互助的传统一直延续至今。

采茶归来，岩少忠来到班章村村委会。作为村委会主任，他还要操心村子里的很多事情。

"我12岁才上一年级，在县城的民族班免费念完初中，毕业后回到家乡，被选为村委会主任，现在已经16年了。乡亲们说，相信'文化人'。"岩少忠笑着说。

在老曼峨寨周围，漫山遍野生长的都是茶树，树龄小的有一二十年，老的有三四百年。村民们把茶叶分为古树茶和混采茶。前者采自树龄在百年以上的古树，全寨有一万多亩；后者从百年以内的大小茶树混采而来，全寨有两万多亩。

"过去老曼峨寨一直种茶，但那时老茶树不值钱。"岩少忠说，"我们也不会做茶，加工工艺比较粗糙，最好的茶叶只卖两块五一斤。"

那时的老曼峨寨交通不便，村民生活艰苦。村里大多数房屋都是茅草房、木板房，电也不通，出行全靠一双脚，从山外到寨子要走好几天，村民们只能在山上种点作物糊口。岩少忠说那时"就着盐巴吃米饭，一年吃不上几顿肉"。

2000年，国家民委、国务院扶贫办实施"两山"（布朗山、基诺山）扶贫综合开发项目，从基础设施、农田水利、安居工程、生态环境、科技培训、产业开发等方面对布朗山乡和景洪市基诺山基诺族乡进行扶贫综合开发。2006年，布朗山乡被纳入国家整体推进扶持的地区。

"两山"扶贫让布朗山有了第一条通往山下的砂石路。沿着这条路，外地的茶商们纷至沓来，布朗山茶叶的价格坐上了"直升机"，村民们的口袋渐渐鼓起来，老曼峨寨的新楼房如雨后春笋般立了起来。

党的十八大以来，布朗山乡的脱贫攻坚进程加快，乡亲们琢磨着如何把"茶"文章做大做强。当地农业部门派出技术员为村民提供免费技术培训，包括采茶、炒茶、揉茶、晒茶、修枝管护、防治病虫害等内容。政府还协调联系茶叶企业，帮助村民拓展茶叶销路。

走进岩少忠家二楼的客厅，墙上的展示柜里放着不同品种、不同熟度的茶叶，其中最引人注目的是印有"岩少忠"字样的茶饼。"我也想打造自己的品牌！"岩少忠笑着说。

如今，每逢新茶下树，老曼峨寨的村民们还会"斗茶"，比比谁家的茶叶好，交流制茶心得。"我们赶上了好时代，老茶叶变成了金叶子。"岩少忠说。

老曼峨富起来了，但没有迷失方向。在村两委的主持下，村里制定了村规民约，家家户户都要共同遵守。

"好多人家把孩子送到县城读书。大家相信，有了文化，就能做出更好的茶。"岩少忠说。

鼓了口袋的乡亲们，脚步越走越远，眼界越来越开阔。"我去过北京、香港，去年还参加了全国村长论坛，交到了好朋友，还签了十几万元的订单。"岩少忠指着参加全国村长论坛的照片自豪地说。

"吃水不忘挖井人，布朗族人民感党恩，我们的明天会更好！"岩少忠说。

乌孜别克族

迪力木拉提·阿卜力克木：生活和冰淇淋一样甜

祝福　　手工制作冰淇淋是我们乌孜别克族的传统手艺，冰淇淋店饱含着我们家的记忆和情感。这40年来我们店铺的发展壮大，离不开党和国家的好政策。我们希望乌孜别克族手工冰淇淋能代代相传，给更多人带来甜蜜与欢乐。今年是新中国成立70周年，祝福我们的祖国在党的领导下繁荣富强，中华民族优秀传统手工艺传承得越来越好！祝大家生活幸福美满，像冰淇淋一样甜！

国家民委

中国民族报

学习强国

扫描二维码观看本片视频

迪力木拉提在自家冰淇淋店前。　　张国欣摄

迪力木拉提·阿卜力克木：生活和冰淇淋一样甜

■　张国欣　　汤新部

午后的伊宁市有些热，在新疆维吾尔自治区伊宁市卡赞其民俗旅游区的一家冰淇淋店里，顾客排着长队，人声鼎沸。迪力木拉提·阿卜力克木和员工们在店里忙得不亦乐乎，甚至顾不上抬头。

这家手工冰淇淋店是由迪力木拉提的爷爷创立的，如今已经开了快四十年了。

"我们乌孜别克族很擅长制作冰淇淋。"迪力木拉提说，"伊宁市大大小小的手工冰淇淋店，基本上都是乌孜别克族人经营的。其实冰淇淋的原料很简单，就是牛奶、鸡蛋、奶皮子、刨冰碴。我们早上7

点半就要开始熬牛奶,牛奶要熬六七个小时。"

冰淇淋是迪力木拉提女儿的最爱。她最喜欢趴在窗台上,静静地在一旁看着这一美味诞生的全过程。"美好的东西,总是要用心等待的。"看着女儿,迪力木拉提笑着说。

守着这份甜蜜的冰淇淋,带着对美好生活的憧憬,迪力木拉提祖孙三代用心经营着这家甜蜜的小店。

1998年,迪力木拉提从西北民族学院(今西北民族大学)毕业。就是因为舍不得抛弃这个甜蜜的手艺,他放弃了很多工作机会,毅然回到了家乡。当时,这家小店还只是一间小土屋,摆了4张桌子。

"国家政策好,我们的生意也就好,门店越开越大。"迪力木拉提说。现在,他和兄弟们在新疆各地已经开了3家冰淇淋店了。

冰淇淋店里人头攒动,普通话、四川话、河南话交织在一起,欢声笑语,好不热闹。有的食客在柜台前挑选自己喜爱的冰淇淋品种,有的食客正在用手机拍摄视频,准备发到互联网上,还有的食客因为人太多店里没有足够的位置,直接站在门口,端着杯子迫不及待地品尝着这份美味。

迪力木拉提的妻子忙着给食客盛冰淇淋和收钱,其他一些员工也忙着端送冰淇淋、清理桌面、擦洗杯子。

"这几个月,是我们店里最忙的时候。我们请了14名员工,从早忙到晚,一天就要用上350公斤牛奶。"迪力木拉提说。

"今年来的游客特别多,比去年翻了一倍,店里经常坐不下。"指着不远处的旅游大巴,迪力木拉提说,"我现在打算再多开几家分店,撸起袖子加油干!"

这些年,迪力木拉提还学会了制作短视频,他将店面和冰淇淋拍摄成素材，剪辑之后发到短视频平台上，已经有了上万的点赞量。很多网友慕名前来"打卡"，或者拜师学艺，从河南来的吴晓琪女士就是其中一位。

吴晓琪说，之前在网上就是被乌孜别克族手工冰淇淋馋住了，到了伊宁市之后，第一件事就是找这家冰淇淋店，吃了之后果然名不虚传。现在，迪力木拉提和父亲已经收了两百多名徒弟。从北京、上海来的很多朋友都是来学做冰淇淋的，迪力木拉提因此交了很多朋友。

"我愿意把这个甜蜜的手艺分享给更多人。"迪力木拉提说，"很多徒弟学成之后，都回到家乡开了冰淇淋店，越来越多的人感受到了乌孜别克族手工冰淇淋的迷人魅力。"

"让古老的乌孜别克族手工冰淇淋的技艺传承下去，让热爱生活的人们都尝到甜蜜、幸福的味道，这是我自己当年选择回家开冰淇淋店的梦想。现在，可以说是梦想实现了。"迪力木拉提说。

"我们现在的日子越过越好了，生活比冰淇淋还要甜！"迪力木拉提说，"希望越来越多的外地朋友到新疆做客，来尝尝我们乌孜别克族的手工冰淇淋。"

仡佬族

石慧芬：因为爱，所以坚守

祝福 作为特殊教育教师中的一员，我希望和大家一起努力，用爱心、耐心、恒心去温暖、感染、鼓励每一位孩子，通过教育增强孩子的自信，将来更好地融入社会，这就是我的梦想。今年是新中国成立70周年，我想用一句手语向祖国告白：我爱您，祖国！

国家民委

中国民族报

学习强国

扫描二维码观看本片视频

石慧芬总是带着微笑,给人如沐春风之感。 金莎摄

石慧芬:因为爱,所以坚守

■ 周 芳 金 莎

当贵州省遵义市务川仡佬族苗族自治县特殊教育学校(以下简称"务川县特教学校")的安全闸门缓缓开启,一位端庄清秀的青年女教师带着微笑径直走来,给人一种如沐春风的感觉。

这位女教师叫石慧芬,仡佬族,生长于贵州省道真仡佬族苗族自治县的一个普通农家。2000 年,19 岁的石慧芬从师范学校毕业后,便进入务川县特教学校任教,一干就是 19 年。

享受教育权利,一个孩子都不能少。"孩子们都想读书,他们需要知识。"石慧芬希望通过自己的努力,给特殊孩子更多关爱。"我愿意尽我所能帮助孩子们实现梦想。"

务川县特教学校目前有11个教学班、140余名学生,主要分为听障班和启智班。在办学过程中,学校探索确立了"从爱心中走出坚强的人"的办学理念,以及"尊重特殊,让残疾儿童更好融入社会"的办学目标,形成了"爱心学校"的办学特色。

"学校是九年一贯制教育,考虑到孩子们的实际情况,一般一位老师需要将一个班级从一年级带到九年级。"石慧芬目前担任八年级听障班的班主任兼数学老师,班上共有9名学生。

在务川县特教学校,学生们的课程除了语文、数学这些文化基础课程之外,还有一些特色课程和康复课程,如口语训练、肢体康复、综合实践……石慧芬经常带学生去医院、超市、图书馆等公共场所,教他们学会看病、购物、借书等基本生活能力。平时,石慧芬教学生们手语的同时,要求大家努力张开嘴巴说话。但是,每当到公共场所给学生们上实践课时,这些听力存在障碍的学生会突然变得很安静。

"孩子们很聪明,他们知道,张开嘴发出的声音会让周围的人投来异样的眼光。"石慧芬感到很心疼,"所以我们要花更多精力去教会他们一些技能,让他们越来越自信,这样离开学校后,他们能更好地融入社会。"

每次接收一届新的学生,石慧芬都会从最简单的穿衣、叠被、打扫卫生教起,再到参与活动、与人交流,一点一滴间培养起学生的自信心。

学生们也用实际行动回报了石慧芬的付出。今年13岁的李珍雨,从小就有听力和语言障碍,性格内向,不愿意与人交流。她的父母忙于生计，很少有时间陪伴孩子。石慧芬接手班主任后，用关爱和真诚打开了她的心扉。通过接触，石慧芬发现李珍雨特别喜欢跳舞，就鼓励她加入学校舞蹈社团。

"李珍雨跟随社团参加了多场演出，交了很多朋友，性格越来越开朗，舞也跳得越来越好。"说起孩子的变化，李珍雨的母亲很是欣慰。

最让石慧芬感到骄傲的是，2015年毕业的一批听力障碍学生中，有7个学生考上了贵阳盲聋哑学校，其中5人后来还考入了河南、黑龙江等地的大学。

"特殊教育学校的大多数学生在听力、语言或智力等方面存在不同程度的缺陷或障碍，对于他们来说，走出校门就业是一个难题。"2018年，当选为第十三届全国人大代表的石慧芬，在2018年全国两会上提出了关注特教学生就业的建议，呼吁社会各界更多关注特殊学生，给予他们更多机会去实现自己的人生价值。

石慧芬的建议很快得到了回应。2018年8月，在当地政府和残联等部门的支持下，校企合作店"无声饮品"饮料店在务川县特教学校旁顺利开张，为学校的部分毕业生提供就业岗位。

"在这里就业的几个学生每个月的收入平均2000多元，这个收入在我们县城就可以养活自己了。"石慧芬说。

同年12月，在务川县特教学校定点帮扶单位——国家开发银行的帮助下，作为特教学生实训基地和就业平台的"暖冬书吧"在务川县城的黄金地段开业。书吧面积为三百多平方米，出售各类书籍，还设有饮品区、阅读区和手工作品展示区，目前吸纳了务川县特教学校的两名毕业生来此就业。

在"暖冬书吧"的一角，听障班毕业生覃丫丫正在与顾客用特殊方式交流。只见她将随身携带的小本子递给顾客，看清楚顾客在上面写的书名后，覃丫丫很快便将书籍找到，这是石慧芬教给覃丫丫的交流小技巧。

"如果能得到足够的训练，这些孩子走上社会后都可以找到一份工作，自食其力。"石慧芬说。

在务川县特教学校 19 年的工作经历，让石慧芬深深明白这些孩子和家庭的不易。她珍视孩子们纯真的心灵和美好的梦想，更期盼每个孩子都能有一个美好的生活和未来。"孩子们在，我就一定在，我会一直守候在这里。"石慧芬深情地说。

毛南族

石通俩：毛南族向率先实现全面小康进发

> **祝福**
>
> 毛南族是人口较少民族，但是党和国家从来没有忘记我们。感谢党，感谢国家。祝愿伟大的祖国繁荣昌盛，56个民族像石榴籽一样紧紧地抱在一起，各族人民的生活越来越美好，日子越过越红火！

国家民委

中国民族报

学习强国

扫描二维码观看本片视频

石通伢(左)与村民交流辣椒收成情况。 马永摄

石通伢:毛南族向率先实现全面小康进发

■ 王 珍 马 永

贵州省平塘县是世界最大的天体望远镜"天眼"所在地,也是人口较少民族毛南族聚居地之一。从贫穷落后、交通不便的喀斯特山区,到如今远近闻名的"校农结合"发展模式发源地,卡蒲毛南族乡(以下简称"卡蒲乡")乡长石通伢亲历和见证了毛南族的发展变化。

2000年,石通伢从都匀民族师范学校毕业,被分配到卡蒲乡摆卡村摆旁小学当老师。全校有170多名学生,仅有7名老师,其中4名是代课老师,一个老师要负责一个年级的全部课程。"老师没有专门的办公室,就在教室的一角办公,全校老师共用一把三角尺、一个篮球、一副乒乓球拍。"石通俏回忆说。

2004年12月,在贵州省实施中小学"危改工程"的过程中,摆旁小学拆掉了老旧的木楼,建起了结实的砖混楼。石通俏用工整的隶书为学校题写了校名。如今,这个拥有两层小楼的村级教学点,主要开展学前教育,教室、学生宿舍、医务室、营养餐供应点、教师办公楼、操场一应俱全。

"党和国家对教育的投入力度不断加大,卡蒲乡的教学条件发生了巨大的变化,这是我们当时难以想象的。"石通俏感慨地说。

2005年、2007年,石通俏两次参加全县干部公开选拔考试,进入乡镇、县委相关部门工作。2014年3月,他担任卡蒲乡乡长。

卡蒲乡是我国唯一的毛南族乡,人口近1.4万人,其中毛南族人口占97.9%。石通俏上任时,乡里有建档立卡贫困户991户3590人,贫困面大。如何带领群众脱贫致富,成为他要着力解决的问题。

由于从小深受水、电、路、通信不畅之苦,石通俏特别重视基础设施建设。"党和国家非常重视人口较少民族发展,每年我们乡享受的人口较少民族发展资金就有800万元至1000万元。我们用这些资金修好了连户路、通村路,老百姓出行便利了,发展产业有了基本条件。"石通俏说。

2017年,黔南民族师范学院(以下简称"黔南民族师院")对口帮扶卡蒲乡的新关村、摆卡村。以此为契机,石通俏带领两村干部多次与黔南民族师院沟通,探索脱贫路径,建立了"校农结合"的发展模式,也就是由高校发出订单需求,村级组织引导农户生产种植并负责收购、销售,发展"订单农业"。这一模式得到了贵州省委书记孙志刚的四次批示和肯定。

以前,新关村、摆卡村等地主要种植玉米,农民辛辛苦苦劳作一整年,亩产不过千斤,纯收入不过500余元。实施"校农结合"模式以来,按照黔南民族师院的需求,村里有计划地组织群众种植豇豆、茄子、土豆等蔬菜,亩产收入达4000元以上。

为改变农户的传统种植习惯,满足黔南民族师院的需求,卡蒲乡政府每亩补贴农户种苗400元,收成好的还能再直补400元。这大大激发了农民的种植积极性,一年之内,卡蒲乡蔬菜种植面积从2000亩扩大到6000多亩。乡里统一设置了配送中心,便利了"菜园子"与"菜篮子"的市场对接。

"校农结合"模式在其他村也得到推广。2018年卡蒲乡场河村村民石佩发在政府的鼓励下试种了1亩辣椒,纯收入超过4000元。受此鼓舞,他在次年种了4亩辣椒,赶上市场行情好,预计收入将达到3万元。他高兴地对石通俏说:"只要政府愿意收购,不用政府补种苗,明年我们也愿意种。"

在石通俏看来,从被动的"要我种"到主动的"我要种",农民们这种思想认识上的变化,是"校农结合"模式的最大成果。"我们说'农村产业革命',革的就是思想,要激发农民的内生动力。"石通俏说。

然而,随着学校寒暑假的到来,"校农结合"模式下的产销矛盾凸显出来。2017年冬天,黔南民族师院的师生们放假了,农民种植的萝卜、白菜堆满了仓库。为了兑现帮老百姓把菜销售出去的承诺,石通俏等乡党委班子成员腊月二十八还奔波在推销蔬菜的路上。

现实促使卡蒲乡对"校农结合"模式深化改革。2018年,石通俏提出了"一长两短"的产业布局——以中药材为主的"长"产业，以及以蔬菜种植、林下畜禽养殖为主的"短"产业。如今，在卡蒲乡的荒坡上，6000多亩菩提树随风摇曳；新关村的100亩生态养鸡场里，万羽土鸡住着"鸡别墅"，养鸡场内同时套种香茅草，经济效益翻了好几番。

依托"校农结合"平台产生的规模效应，卡蒲乡积极拓展市场，与大型蔬菜采购商进行对接。2017年，卡蒲乡蔬菜销售收入为34.3万元，2018年增加到760万元。除了高校，卡蒲乡还与政府机关、企业等建立了合作机制。全乡735户贫困户受益，户均增收2500元，402户1439人因此脱贫。

同时，卡蒲乡还引进企业，建设了农产品深加工产业园，把白菜、辣椒做成腌菜，把鸡肉加工成辣子鸡肉酱，从菩提叶中提取成分用于加工面膜、洗发水。"校农结合"模式的升级版——"乡厂校店"的扶贫新模式诞生了。也就是说，在乡级建厂加工农产品，院校设店销售成品，以此解决供大于求的产销矛盾，延伸产业链。

2019年五四青年节前夕，黔南民族师院的毛南族学生给贵州省委书记孙志刚写信，汇报毛南族的发展变化。信中，学生们高兴地写道："我们每次回家，都能感受到田间地头的许多改变，蔬菜的品种越来越多了，撂荒的土地越来越少了，我们的父母越来越会种菜了。"

如今，卡蒲乡的贫困发生率已经降至1.98%，2019年将全部清零。按照习近平总书记的要求，毛南族正在朝着率先实现全面小康的目标进发。

怒 族

郁伍林：乡村旅游发展的领头人

祝福　　幸福是奋斗出来的。有了党和政府的好政策，我们自己要撸起袖子加油干！今年是新中国成立 70 周年，祝愿祖国更加强大，我们一定把家乡建设得更美丽、更富裕。

国家民委

中国民族报

学习强国

扫描二维码观看本片视频

郁伍林在村里带头搞起了民宿。　郁伍林供图

郁伍林：乡村旅游发展的领头人

■ 李　寅

"新客栈的生意也不错。"电话那头，郁伍林兴奋地告诉记者。

两年前，记者在云南省怒江傈僳族自治州福贡县匹河怒族乡老姆登村采访时，结识了怒族男子郁伍林，在他家住了近一周。彼时，他正在忙着装修新客栈。这个客栈他用心去打造，标准就是内部现代化，外面民族风。他不知道游客是否喜欢这样的风格，担心生意不好。

如今，郁伍林的新客栈成为老姆登村的一个地标。这也是郁伍林开办的第二家农家乐。

老姆登村与高黎贡山的皇冠山遥相呼应,怒江从村子脚下流过,凭借优美壮观的自然风光和独具特色的民族文化,入选了"2014中国最美村镇",被誉为"云端上的村庄"。

曾经,这里的绿水青山并没有变成乡亲们手中的财富。很长一段时间,老姆登村人在怒江两岸贫瘠、零散的土地上从事着简单的农业生产,在几乎与世隔绝的环境中,生活异常艰难。

郁伍林自小在老姆登村生长,跟所有村民一样,曾经也是"脸朝黄土、背朝天"的贫苦农民。

1996年,刚刚初中毕业的郁伍林由于能歌善舞,被选中到上海中华民族园代表怒族展示怒族文化。也就是在那里,他与表演民族舞蹈的独龙族姑娘鲁冰花相识相恋。

一年后,郁伍林和妻子回到老姆登村,当起了农民,早出晚归,辛苦耕作。

依靠雄、奇、险、秀的峡谷风光和独特的人文风情,新世纪之初,老姆登村开始吸引一些背包客到来。

怒族没有经商的传统,直接从事商业经营的现象在传统的怒族社会中从未出现过。因此那时,老姆登村没有客栈,一些游客来到村里,郁伍林便为他们提供免费住宿。"游客在我家留宿后,会偷偷把钱塞到枕头边,还有人劝说我开一家民宿,在给更多游客提供方便的同时,也能改善生活条件。"郁伍林说。见过世面的郁伍林觉得客人说得有道理,决定试一试。

2001年,在亲朋好友的帮助下,郁伍林在自家的老房子旁边建起了只有8张床位的石棉瓦房,取名"怒苏哩农家乐"。

郁伍林性格开朗、淳朴善良，他在游客圈出了名后，去他家客栈的人越来越多。后来，他听从游客的建议，把"怒苏哩农家乐"更名为"150 客栈"，"150"是郁伍林名字的谐音，好记又时尚。

自幼酷爱民族文化的郁伍林，是云南省非物质文化遗产怒族民歌"哦得得"传承人。他给自己的农家乐定下目标：走民族文化与古朴农耕文化相结合的道路。吃的方面，重点推广怒族传统手抓饭和碳烧小乳猪。玩的方面，重点放在游客的自娱自乐和展示怒族民族歌舞上。

郁伍林的客栈生意越来越火，2017 年，他建起了第二家客栈。郁伍林的乡村旅游之路越走越宽。

致富了的郁伍林，没有忘记乡亲们。他手把手教乡亲们旅游接待技能，在自己的微博、微信上介绍老姆登村的风景、土特产、农家乐经营情况。他尽心尽力将身边群众带动到农家乐创业中，走共同致富的路子。

如今，人均耕地只有 0.76 亩，以前全靠种苞谷、茶叶维生的老姆登村民，已相继建成了二十多家客栈，每年旅游业收入达 300 万元。曾经到处是土坯房、草房的村落，现在是一排排青砖白墙的新房或是具有民族特色的篱笆房。

游客来了，火爆的不仅是客栈。卖茶叶、卖蘑菇……以往没有经商经验的怒族村民，学会了开铺子、摆摊做买卖、在网上交易。通过将山地资源商品化，怒族乡亲们获得了参与市场的机会。

作为怒族民歌"哦得得"传承人，每晚，郁伍林都会弹起"达比亚"，唱着"哦得得"，向客人展示怒族文化。

"搞旅游，自然风光可能相似，民族文化才是魂。"郁伍林说。

苗　族

石丽平：将"指尖技艺"转化为脱贫力量

祝福　我国是由56个民族组成的中华民族大家庭。习近平总书记强调，各民族要像石榴籽那样紧紧抱在一起。今年是新中国成立70周年，我们精心创作了一件以母爱为主题、以石榴为图案元素的背扇作品，献礼新中国70华诞。祝福伟大祖国更加繁荣昌盛，祝福各族人民幸福吉祥！

国家民委

中国民族报

学习强国

扫描二维码观看本片视频

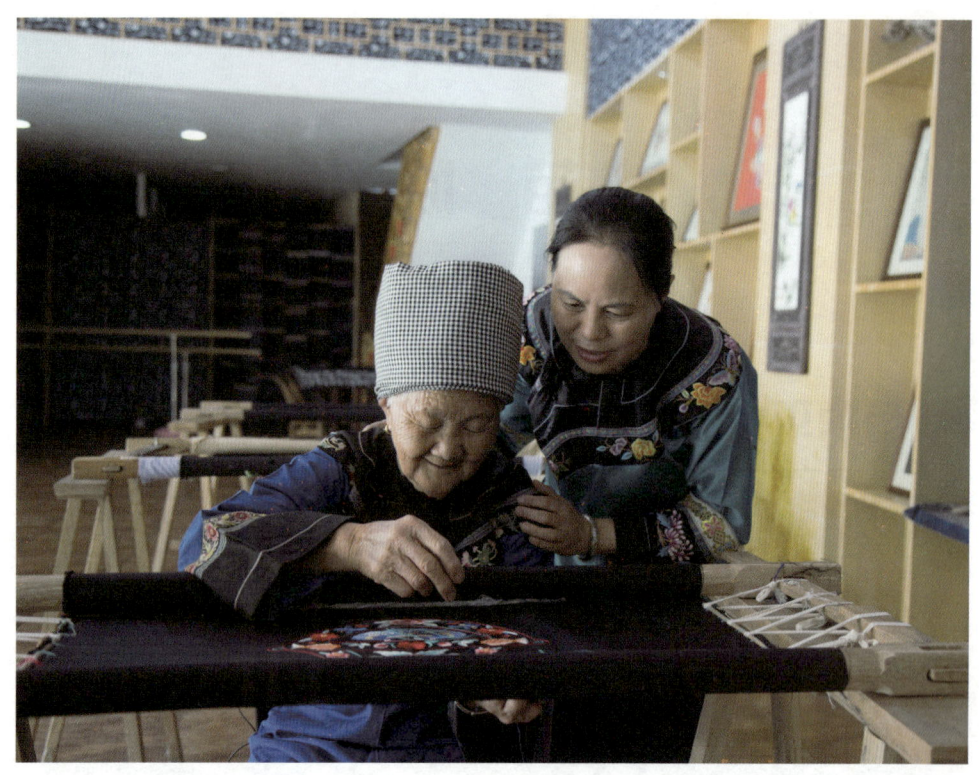

对生长在苗寨的石丽平(右)来说,母亲带给她的"指尖记忆"弥足珍贵。 周芳摄

石丽平:将"指尖技艺"转化为脱贫力量

■ 周芳 金莎

在贵州省铜仁市松桃苗族自治县,"石丽平"这个名字很响亮——她是全国人大代表、松桃梵净山苗族文化旅游产品开发有限公司董事长,也是国家级非物质文化遗产苗绣的省级代表性传承人、松桃苗绣"鸽子花"品牌的创始人。

因为她的坚持，以"鸽子花"品牌为代表的松桃苗绣，成为当地一张金灿灿的文化旅游名片；因为她的带动，当地数千名妇女在家门口实现就业，增收致富。

对生长在苗乡山寨的石丽平来说，外婆和母亲带给她的"指尖记忆"弥足珍贵。"苗家女子祖祖辈辈传承下来的刺绣，对我有着非常大的吸引力。"从小耳濡目染，石丽平很早就学会了拿针配线。长大后，她学习苗绣技艺已不满足于家人所传，而是遍访名师、潜心学艺，成为松桃苗绣的第七代传承人。

2006年，喜讯传来：第一批国家级非物质文化遗产名录公布，苗绣名列其中。

欣喜之余，石丽平也认识到一个令人遗憾的现实：老一代民间刺绣艺人相继离世，农村青壮年人口大量往城市迁移，当地的苗绣技艺面临着传承危机。

"我是苗家女儿，不能眼看着苗家的'传家宝'在我们这代人手里丢失。"2008年12月，原本专注于做锰矿生意的石丽平毅然转型，创建了松桃梵净山苗族文化旅游产品开发有限公司。

放下手中的矿锤，重新拈起绣花针，石丽平开始琢磨如何创新和发展苗绣技艺。

从2008年开始，石丽平用了8年时间，几乎走遍了贵州省所有的苗寨，搜集、整理、详细记录苗绣的不同绣种和纹样。她还详细了解了绣娘在松桃县的分布情况和土布织染技艺传承情况，在全县范围内组织开展刺绣、绘画、剪纸比赛，从中发现好作品和能工巧匠，与大专院校合作，按市场要求绘制纹样和图案。

在民族文化传承路上，石丽平始终主张"用"："只有'用'，才能更好地去保护。开发苗绣产品，要契合时代发展潮流，要符合市场消费需求。"

在绣品创作上，石丽平一方面力求与民族文化、地域特色紧密结合，将梵净山的鸽子花、苗族的四面鼓等元素融入纹样和图案；另一方面运用现代化设计理念，将苗绣与时尚服饰相结合，为松桃苗绣注入更多现代元素。

经过多年努力，松桃苗绣产品越来越受欢迎，以"鸽子花"品牌为代表的松桃苗绣已从苗岭走向全国、走向世界。

2011年，石丽平的公司产品"鼓舞刺绣""凤舞花开"系列苗绣披肩被外交部定为外交礼品。2013年，经中国民族博物馆推荐，松桃苗绣"鸽子花旋极图"被联合国作为礼品启用。2014年，石丽平经营的公司被确定为首批"全国妇女手工编织就业创业示范基地"。2015年，松桃苗绣成功注册国家地理标志证明商标，这是贵州省非物质文化遗产项目中首个成功申报国家地理标志证明商标的项目。

"如今，我们的苗绣产品远销美国、日本、加拿大等国家和地区。"石丽平自豪地说。

创业初期，石丽平的公司仅有3名绣娘。发展到现在，公司已拥有一支260人的刺绣精英队伍，并且带动松桃县以及周边地区的4000多名妇女在家门口就业。在传承和发展松桃苗绣的十年间，公司依托当地政府扶持的"锦绣计划""贫困劳动力培训""手工技能培训"等一系列惠民工程，采用"公司＋基地＋农户"的模式，实行"计件为主＋效益＋产品提成"的薪酬制度，带动了广大妇女就业创业。

2018年，当选为全国人大代表的石丽平在调研中了解到，很多贫困群众虽然通过易地扶贫搬迁政策从大山深处搬到了城镇，解决了交通、就医、教育等问题,但是就业仍是一个难题。于是,她想到通过发展刺绣产业解决搬迁群众的就业问题。

走进铜仁市万山区旺家花园安置点的易地扶贫搬迁微工厂产业园,松桃梵净山苗族文化旅游产品开发有限公司在这里开设的"巾帼锦绣坊"特别吸睛,近20名身着统一印花土布工装的妇女正在这里学习刺绣。

旺家花园安置点于2018年底交付使用,落户的群众来自铜仁市思南、石阡、印江3个县。短短几个月里,参与"巾帼锦绣坊"培训的绣娘已达百余人。

"刚到城里时觉得不好找工作,现在在家门口就可以打工挣钱,照顾孩子和老人都很方便,感觉以后的日子更有盼头了。"绣娘范侬娜开心地说。

让古老的刺绣活起来,让热爱它的姐妹们富起来——这是石丽平当年选择传承松桃苗绣的初衷。而今,她初心不改,矢志不渝。

哈尼族

沙车：教育擦亮了我们的眼睛

祝福　　教育，改变了我们的命运，擦亮了我们的眼睛。党的政策好，孩子们不再因为贫困而辍学，读书的条件也越来越好了。教育，会让我们的国家越来越强大。今年是新中国成立70周年，我在西双版纳祝福祖国。祝国泰民安，祝各族乡亲的生活越来越富足。56个民族，56朵花，一起开，一起红！

国家民委

中国民族报

学习强国

扫描二维码观看本片视频

沙车在村前留影。　张国欣摄

沙车：教育擦亮了我们的眼睛

■　张国欣

工作不忙的时候，沙车喜欢到村里的幼儿园转转。他说，那琅琅的读书声，总能给人无限的希望。

云南省西双版纳傣族自治州勐海县勐遮镇南楞村是一个哈尼族聚居的村寨，65岁的沙车是这个村的党支部书记。

"在我们寨子，60岁以下的乡亲中没有文盲。"回想起南楞村这几十年的变化,沙车很感慨,"教育擦亮了我们的眼睛。"

哈尼族没有文字,在沙车小时候,乡亲们还是刻木记事。"记得在人民公社时期,我们记工分,一个工分在木头上刻一道杠,两个工分就刻两道杠……"

1961年,南楞村有了第一所学校。在父母的支持下,沙车成为了第一批学生,也成了村里的"文化人"。

然而,大多数的乡亲,彼时还不理解为什么要花钱把孩子送到学校。改革开放加速了南楞村人接受教育的进程。"村里人走出去,了解了山外的生活,才知道了没有文化的苦。"沙车说,走出大山的乡亲们发现,别人种地都开上拖拉机了,他们还在用牛耕地。没有文化,就听不懂山外的人讲话,看不懂化肥、农药的说明书,也开不了拖拉机。于是,南楞村的学校开始热闹起来。

1984年,作为村里最有文化的人,沙车被选举为村干部。

"我当时就想,这辈子至少要做成一件事,就是要把村里的孩子们都劝进学校。"沙车说。就这样,每年的开学季,沙车和村干部们都要挨家挨户去动员家长把孩子送进学校。

那时,村民的生活还比较艰苦,学费对于普通家庭来说是一笔不小的开支。有的孩子交不起学费,沙车就组织乡亲们,你1元我1元地一起捐。

"穷是暂时的,没文化才可怕。"沙车说,"我跟大伙说,孩子们都要上好学,读好书,一个都不能少。"

当村干部三十多年,沙车花精力最多的事情,就是村里的教育。

当时，交通不方便，学校的教师们到镇上办事，凌晨就得出发。很多次，教师们半夜找沙车盖章开证明，沙车二话不说，立马起床。

20世纪80年代，村内通往学校的路不好走，尤其是雨季，大雨常常把道路冲垮，孩子们上学很不安全，沙车就组织村民们节衣缩食，出钱出力，修了一条平整、宽阔的上学路……

用心灌溉，静待花开。教育的力量静水流深，悄悄改变着乡亲们的生活。

有了文化的乡亲们，眼界开阔了，学会了种甘蔗，学会了加工茶叶。靠科学种地，1亩田地的收益比原来高出了好几倍。从上世纪90年代开始，南楞村逐渐成为了富裕村。

"我们能看懂新闻联播了，知道了植树造林的重要性。"沙车说，乡亲们从电视上了解到，有树才有水，有水才有田，便自发地开始退耕还林。"现在，我们村里已经没有荒山了。"

这个大山深处的村寨走出了一批又一批大学生。在南楞村坝叶老寨，总共六七十户村民，就出了十几个大学生。沙车的儿子、女儿都是大学生。儿子毕业后，做起了茶叶生意，现在带领村民开起了茶叶合作社。

"假期，还在上大学的孩子们回到村里，给我说咱们村的水要保护好，树要保护好，要建设美丽乡村。"沙车说，听到这些他感到特别欣慰，"孩子们的书没有白读"。

这些年，沙车有一个深刻的感受，就是村里教育条件越来越好了。

南楞村村委会旁边，便是幼儿园。这是一个漂亮的院子，有一幢两层小楼和一个宽阔的操场。家长们早上把孩子送来，便可以安心地去忙农活了。孩子们在这里可以学习、玩耍、吃午餐，还有整洁的宿舍可以午休。

"现在的孩子们幸福啊，上小学、读初中不用花钱，上高中、读大学都有资助。"沙车说，"共产党的恩情，说也说不完啊"。

爱读书，在南楞村成为了一种延续几十年的风尚。村子的农家书屋里，时不时有村民过来，或看一本经典名著，或翻一翻农业技术书籍。看到精彩处，还会在本子上记上几笔。

"有了文化，我们村有希望了。"沙车说，"看到孩子们都能接受好的教育，乡亲们热衷于学习，是自己这辈子最高兴的事情。"

畲 族

蓝陈启：畲歌人生

祝福 我是从旧社会走到今天的，过去日子苦啊，生活担子压得人喘不过气。现在日子越来越好了，人的心情也畅快了，感谢党，感谢政府！祝我们的国家越来越好！

国家民委　　　中国民族报　　　学习强国

扫描二维码观看本片视频

走过 80 载人生风雨，虽历经坎坷，蓝陈启仍热情乐观。　何彬峰、叶鑫鑫摄

蓝陈启：畲歌人生

■ 肖静芳

今年 82 岁的蓝陈启老人，是畲族山歌的国家级非物质文化遗产传承人，是畲乡——浙江省丽水市景宁畲族自治县远近闻名的"畲族歌王"。走过人生风雨，时间带走了很多东西，却带不走蓝陈启对畲歌的热爱。畲歌如同最忠实的陪伴者，已深深融入老人的血脉之中。

蓝陈启始终记得七八岁时，母亲把她抱在怀里教她唱畲歌的情景。她学会的第一首畲族山歌是儿歌："小儿小，长裙拖到地，十指排来有长短，山林树木有高低。小儿小，长裙拖到地，天光（早上）去玩晚上回，一件布衣都是泥。"这首歌她学了两天，直到现在也没有忘记。

山歌开启了蓝陈启年幼的心灵。十四五岁时，尽管她已担负繁重的劳动任务，但是无论是上山砍柴、做饭，还是下地割草、喂牛，只要是劳动间隙，蓝陈启都会面对着绿水青山即景编词、张口就唱，抒发内心的喜怒哀乐。渐渐地，她在十里八乡有了名气。

18岁时，蓝陈启嫁到了鹤溪街道双后岗村。此后，无论是县里还是镇上、村里搞活动，她都会带领姐妹们一起唱畲族迎客歌、敬酒歌。不过，与美妙的山歌相随的，却是生活残酷的打击。蓝陈启好不容易把孩子们拉扯长大，丈夫却因高血压而半身不遂，卧床十多年，沉重的生活负担压得她喘不过气来。

她忘不了，有一天丈夫睡下后，她独自走出屋外，此时皓月当空，周遭宁静，蓝陈启情不自禁地放开歌喉对月抒怀。歌声带走了一天的辛劳，也带走了她满腔的忧闷，让她感到无比轻松。此后，山歌成为蓝陈启的"知己"，她高兴时唱，忧愁时唱，做事时唱，休息时唱，一首首歌从她内心里自然而真实地流淌出来。

1993年，几位日本客人带着翻译来到景宁畲族自治县，为1994年在日本福井市举办的环太平洋民间艺术节挑选畲族歌手，蓝陈启一亮嗓就被选中了。

1994年7月，就在临赴日本前，灾难从天而降——蓝陈启的三女儿不幸病逝了。白发人送黑发人，蓝陈启终日以泪洗面，茶饭不思，一度想要放弃到日本的演出。在县里领导的安慰和鼓励下，蓝陈启从国家和民族的荣誉出发，强忍悲痛，重整精神，穿上畲族盛装，于1994年9月前往日本的福井、敦贺、大阪等地，表演畲族民歌和畲族民间工艺——编织畲族彩带。

在日本大阪市，艺术团领导临时要求蓝陈启增演一场畲族史诗《高皇歌》开篇独唱，她毫不犹豫地登台，一连唱了五首，一字不漏，原汁原味地呈现出畲族最古老民歌的风貌，歌声倾倒了在场的观众。从日本归来后，蓝陈启"畲族歌王"的美誉不胫而走。

2009年，蓝陈启再次受到沉重打击，长子病逝。老人再次用山歌化解悲伤。她白天唱，晚上唱，就连扫地也在唱，一边唱党和政府好，一边唱自己还有更重要的事情要做。就在这期间，浙江省永嘉县的一个村庄派了十多个人前来采风，录下蓝陈启唱的各种畲族山歌带回去学习。

2012年6月，第四届全国少数民族文艺会演在北京市举行，景宁畲族自治县大型畲族音乐舞蹈诗《千年山哈》作为浙江省唯一剧目参加会演。当时已是75岁高龄的蓝陈启在剧中担任向嘉宾敬茶的重要角色。但是，随着演出的临近，蓝陈启的痛风腿病却发作了，这可急坏了她。老人夜以继日地一首首唱着山歌，希望伴随她走过一个个春夏秋冬的畲族山歌能成为治愈她腿病的灵丹妙药。皇天不负有心人，最终，老人圆满地完成了演出。

如今，蓝陈启虽已年过八旬，但老骥伏枥、壮心不已。作为县里的禁毒、消防和"扫黄打非"文化使者，她不仅经常走村入户地宣传相关知识，还把这些内容巧妙地编入畲族山歌中，寓教于乐，朗朗上口，令人印象深刻。

走过80载风风雨雨，虽历经人生坎坷，蓝陈启却仍热情、乐观。畲歌就是她的精神，畲歌就是她的生命。她说："只要一唱山歌，什么烦恼、什么不高兴，全都没有了！"

德昂族

赵玉月：民族文化守望者

祝福 我们德昂族虽然人口少，但是党和政府十分关心我们。在中国共产党的带领下，我们德昂族人民的生活发生了翻天覆地的变化。今年是新中国成立70周年，我在美丽的三台山德昂族乡祝愿国家繁荣富强，人民的生活越来越好！

国家民委

中国民族报

学习强国

扫描二维码观看本片视频

每天抽出两个小时织锦,是赵玉月的习惯。　李寅摄

赵玉月:民族文化守望者

■ 安宁宁　李 寅

　　和前两年相比,51 岁的赵玉月更加忙碌了。除了打理自家民宿,作为德昂族织锦传承人的她,既要带学生,每天还要抽出两个小时用于织锦——这是她多年来养成的习惯。

赵玉月的祖辈是村里有名的织锦能手，自小耳濡目染，使她逐渐喜欢上织锦这一历史悠久的手工艺。"德昂族织锦从唐代就有了，靠着母亲的传授一代代传下来。我从小就对织锦技艺情有独钟，母亲教会了我很多织锦技法，衣服、毛毯、围巾、手包等都会做。"赵玉月说，15岁的时候，她就成为了像母亲一样的织锦老师。

德昂族是我国人口较少民族之一，目前有2万多人，主要分布在云南省的德宏、保山、临沧等地。在历史上，由于长期受土司、地主压迫、剥削，德昂族人政治地位低下，生活极度贫困。新中国成立后，德昂族人民结束了千百年来受压迫、受剥削的历史，成为祖国大家庭中平等的一员。

"小时候经常听家里老人说起过去的苦日子，现在的日子越过越好了。"赵玉月说。

赵玉月的家位于云南省德宏傣族景颇族自治州芒市三台山德昂族乡（以下简称"三台山乡"）出冬瓜村。在这个依山而建的小山村，几间与她同龄的老房子，是村里少有的仍保留了四檐出水、吊脚楼等特点的传统民居。

"以前我们都是住这样土木结构的房子，有时候会漏雨，冬天也不防风，那时候日子过得挺艰苦的。"说起过去的生活，赵玉月有些无奈，"幸好我会做织锦，冬天把衣服做得厚一点，穿起来暖和一些"。

近年来，特别是党的十八大以来，兴边富民行动和上海对口帮扶三台山乡发展项目的支持，使古老的德昂山寨旧貌换新颜，当地德昂族群众思想观念发生了很大转变，增强了自我发展的"造血"功能。

德昂族酸茶、建筑、服饰、饮食、火塘、节庆等文化丰富多彩，已有包括水鼓舞在内的十多个项目被列入国家级非物质文化遗产名录。

作为全国唯一的德昂族乡，凭借着独特的民俗文化，三台山乡近些年成为不少海内外学者、艺术家和游客走访、采风的必到之地。

"游客多了，民宿业自然有了市场。"2017年，嗅觉敏锐的赵玉月在乡政府的支持下，把自家房子的二楼改成了民宿，取名"德昂人家"。和一般的酒店不同，她家的民宿没有标间，也没有卫生间，而是保留了原汁原味的德昂族特色。房子的中间是一个火塘，周围摆满了地铺。

"村里有的人说，这么破的房子谁会来住？"赵玉月说。让村民们没想到的是，许多游客就喜欢住这样的老房子。每到晚上，民宿的火塘上烤着德昂族特有的酸茶，游客们围坐在火塘边，一边唱歌一边喝茶，体验着最纯正的德昂族文化。

"我这里的游客来自世界各地。"赵玉月高兴地说，"去年住宿、餐饮以及卖酸茶和织锦的总收入有5万多元，更重要的是让游客体验了我们德昂族的传统文化。"

为了更好地保护德昂族历史文化，三台山乡政府于2007年建立了中国德昂族博物馆，目前共收藏德昂族文物两百多件，这些文物鲜活地记录了德昂族人民不屈不挠、艰苦创业的奋斗历程。"我们希望德昂族兄弟姐妹永远不要忘了：没有共产党就没有新中国。"博物馆解说员孔连强说。

前不久，赵玉月25岁的儿子李岩所辞掉了消防员工作，回家帮父母打理民宿，学做酸茶。赵玉月一开始坚决反对，但想想还是同意了。

"以前我希望孩子走出大山，看看外面的世界。现在国家正大力实施乡村振兴，他想回来传承民族文化，我也全力支持。"赵玉月说。

塔吉克族

鲁克曼·斯加克：做卫国戍边的帕米尔雄鹰

祝福　　没有祖国的界碑，哪有我们的牛羊。卫国戍边是我们塔吉克族世代传承的光荣传统，我们建设着美丽的家乡，守卫着祖国的边疆。今年是新中国成立70周年，祝福我们的祖国在党的领导下越来越强大，祝祖国的边境永远稳固！

国家民委

中国民族报

学习强国

扫描二维码观看本片视频

鲁克曼·斯加克（右一）一家人在界碑合影。　鲁克曼·斯加克供图

鲁克曼·斯加克：做卫国戍边的帕米尔雄鹰

■ 张国欣　　汤新部

在新疆维吾尔自治区乌鲁木齐市地窝堡机场，鲁克曼·斯加克早早地来到旅客到达口，等待着从家乡探亲回来的妻儿。

今年35岁的鲁克曼，老家在喀什地区塔什库尔干塔吉克自治县（以下简称"塔县"）。和家族里的大多数人一样，他也奋战在边防战线上。如今，他是新疆出入境边防检查总站的一名干警。

"儿子出生在城市，我每年都要让他回老家看一看，希望他不要忘记我们塔吉克族卫国戍边的传统。"鲁克曼说。塔县与塔吉克斯坦、阿富汗、巴基斯坦三国接壤，边境线长888.5千米。多少年来，在这里生活的塔吉克族牧民们，和边防官兵一道戍守边关。如今，在塔县，基本上每家每户都有一名护边员。

"要做卫国戍边的帕米尔雄鹰。"鲁克曼经常这样告诉自己的儿子，就像当年自己的姥爷告诉自己一样。

鲁克曼的家里一直珍藏着姥爷的老照片。照片上，姥爷一身戎装，器宇轩昂。这张照片拍摄于抗美援朝时期。当年，姥爷作为新疆唯一的塔吉克族代表，参加过中国人民赴朝慰问团。

在鲁克曼的童年记忆里，姥爷经常把自己抱在怀里，拿出老照片、军功章，给他讲保家卫国的故事。

正是在姥爷的影响下，鲁克曼早早地立下了卫国戍边的志向。

高考那年，鲁克曼成绩很不错，能报考重点大学。但是他坚持在提前批次报考了新疆警察高等专科学校的边防管理专业，并且如愿被录取。

通知书送到家里的时候，鲁克曼的父亲有些失望。但这对父子经过一夜畅谈后，父亲对鲁克曼的选择竖起了大拇指。

2005年，鲁克曼大学毕业，被分配到喀什边防检查站工作。从那时候开始，鲁克曼便奋战在边防工作的第一线。

在雪窝子里驻营，在红其拉甫的暴风雪里巡逻，和毒贩斗智斗勇……这些年,鲁克曼经常到边境一线执行一些反恐和边境稽查任务。

"受过伤,流过血。但我一点儿也不后悔当初的选择。"鲁克曼说,"手握钢枪,为国戍边,再苦我也愿意。"

为了提高国际业务合作能力,组织上选派鲁克曼参加了为期三年的乌尔都语培训。乌尔都语是巴基斯坦的国家通用语言。对于这个机会,鲁克曼特别珍惜。学习的那段时间,鲁克曼废寝忘食,经常是睡醒的时候发现手里还抱着字典。如今,鲁克曼已经能说一口流利的乌尔都语了,在国际合作任务中屡立功勋。

这些年,鲁克曼立过四次三等功,2012年,因为业务能力出色,鲁克曼调到了原武警新疆边防总队工作。

"岗位不同,但为国戍边的职责更大了。"鲁克曼说,家乡的人们都为自己感到骄傲,"其实,我们从事的是同样的工作"。

在老家塔县,鲁克曼的很多亲戚朋友都常年工作在边境一线。他们有的是移民管理警察,而更多的是作为护边员。

帕米尔高原海拔高、风雪大,最低气温达零下四十多摄氏度,陆地巡逻路线长,通外山口的数量多。一些险要之地,甚至不能乘车和骑马,只能依靠素有"高原之舟"之称的牦牛作为巡逻的交通工具。训练路上,经常发生雪崩、滑坡、泥石流等自然灾害,如果没有经验丰富的向导,巡逻队伍将寸步难行。

护边员们发挥地形熟、人员熟、情况熟、语言通的优势,战风霜、斗雨雪、洒热血,默默无闻地为边防干警充当护边助手,为边防的稳固发挥了重要作用。

"在我的家乡,一名护边员就是一名哨兵,一座毡房就是一座哨所。无数哨所连起来,就是祖国边疆的钢铁长城。"鲁克曼说,"我们都应该算是保家卫国的帕米尔雄鹰。"

　　在鲁克曼的影响下,儿子鲁米悄悄立下了志向。小家伙常常趴在中国地图前,盯着边境线的方向,一看就是很久。在他日记本的扉页上,写着那句他从小听到大的话:"做卫国戍边的帕米尔雄鹰。"

土家族

田隆信：携着土家族民间音乐一路前行

> **祝福**　党的十九大报告提出，文化是一个国家、一个民族的灵魂。文化兴国运兴，文化强民族强。作为一个国家级非物质文化遗产传承人，我有责任和义务把土家族优秀传统文化传承好、弘扬好。今年是新中国成立70周年，祝愿我们的祖国越来越强大、老百姓的日子越来越好。

国家民委

中国民族报

学习强国

扫描二维码观看本片视频

田隆信表演土家族打溜子。　彭梁心摄

田隆信：携着土家族民间音乐一路前行

■ 周　芳　　金　莎

为采访田隆信老先生，我们驱车整整一天，终于到达了湘西小城——湖南省湘西土家族苗族自治州龙山县。龙山，一块土家族同胞千百年来繁衍生息的土地，留下了极其丰富的文化遗产：被誉为土家族"百科全书"的梯玛歌,"土家族交响乐"打溜子,欢快清脆的咚咚喹……田隆信,就是成长于肥沃的土家文化土壤、博采土家文化精华的中国民间文化杰出传承人、国家级非物质文化遗产传承人。

田隆信的童年是在龙山县坡脚乡度过的,那里有着土家族民间文化"原始森林"之称。从小就"泡"在土家族各种歌谣中的田隆信,对土家族音乐有着天然的亲近感。

田隆信5岁时,母亲精心挑选了一根山竹,为他做了人生中第一支乐器——咚咚喹,让他这个放牛娃有了陪伴。8岁时,田隆信开始跟着当地的土家族民间艺人学习打溜子。从此,在土家族村村寨寨的红白喜事里,人们总能看见田隆信忙碌的身影。

1974年,因为有着较好的民间艺术功底,原本在供销系统工作的田隆信被调到县文艺工作队任乐手,这份工作让他如鱼得水。"白天跟着文艺工作队巡回演出,晚上就去找老艺人收集打溜子的曲牌和土家民歌。"就这样,在县文艺工作队工作的十年间,田隆信走访了数百位民间艺人,收集了土家族溜子曲牌两百多个,整理了各种土家族歌谣、地方戏曲唱腔音乐资料和表演艺术资料等数百万字。

田隆信深知,凭着自己的中学文化水平,是很难将征集到的土家族音乐戏曲文化传承、发扬好的。"我就到处请教,反复琢磨,硬是吃透了民族艺术理论知识和民族艺术作品的创作技法。"田隆信感慨着自己当年的那股"霸蛮劲"。

机会总是留给有准备的人。1983年3月,田隆信接到通知,秋后跟随龙山县文艺工作队前往北京,代表湖南参加全国乌兰牧骑式演出队文艺会演。田隆信当即意识到,这是一个使土家族音乐走出去的好机会。如何抓住这个好机会?那就是创新求变,创作一个叫得响的参演作品。

田隆信决心从咚咚喹入手。一支咚咚喹长不过十余厘米,是只有三个指孔、一个筒音的普通小竹管,是土家族最古老的簧管气鸣乐器。

经过反复吹奏验证和比对,田隆信在传统咚咚喹的基础上多开指孔,有效拓展音域。同时,他结合咚咚喹打音、颤音兼备的特点,选定合适的曲牌,创作出了他人生中第一首咚咚喹独奏曲——《山寨的早晨》。

是年9月,41岁的田隆信带着《山寨的早晨》第一次登上了首都的舞台。一位头缠长帕、身穿对襟彩衣的土家族男子,将一支用细尾竹制作的咚咚喹变成了会唱歌的精灵。泉的声韵,鸟的鸣啭,一起流入这小小的竹管;松的奏鸣,风的和弦,奔泻自灵巧的指间……整个台下先是寂静无声,最后是雷鸣般的掌声。

不过,一炮打响的演出并没有让田隆信满足,他转而沉入到对同样钟爱的打溜子的研究和创作。

土家族三大乐:摆手、哭嫁、打挤钹。打挤钹就是打溜子,这是土家族古老的民间器乐合奏。"要让传统的打溜子打出名堂,必须要有好的表现主题、好的故事情节。"田隆信一边在生活中搜索主题,一边用溜子曲牌配奏。最终,他想到了小时候放牛时,聆听锦鸡啼鸣的情景,决定从土家族的这个吉祥鸟上"做文章"。

经过长时间的观察和体验,田隆信把锦鸡的各种生活场景进行梳理、整合,设计了"山间春色""结队出山""溪间戏游""众御顽敌""凯旋荣归"五个部分,然后结合土家族溜子打奏、组配演奏,将曲子命名为《锦鸡出山》。

1985年在北京的表演,《锦鸡出山》与《山寨的清晨》一样引起了轰动。1986年，中央音乐学院民乐团携此曲赴美巡演，被《纽约时报》称为"风靡全纽约的中国民乐曲"。1990年，《锦鸡出山》被中央音乐学院作为"新中国成立后海内外有影响的中国民间乐曲"收藏。《锦鸡出山》成了中国土家族打溜子的经典之作，从此一路推着田隆信奔向土家族艺术的顶峰。

2007年、2008年，田隆信先后获得中国民间文化杰出传承人和国家级非物质文化遗产项目土家族打溜子代表性传承人两个国家级荣誉。

成名之后的田隆信很淡定，他觉得自己只是一直在干自己热爱的事情；退休之后的田隆信一刻也没有闲下来，继续收集、整理、创作、表演。

"情不知所起，一往而深"，田隆信，一个从土家山寨走出来的放牛娃，就这样携着土家族民间音乐一路前行！

蒙古族

咏梅：看到患者的笑容总会无比满足

祝福 蒙医药有着悠久的历史。随着时代的发展，蒙医这种传统医学要和现代医学相结合。我想从医务工作者的角度，特别是少数民族医生的角度，更多关注基层医疗，推动蒙医的发展。今年是新中国成立70周年，祝愿祖国越来越繁荣富强，也祝愿民族医药事业更加繁荣发展，让各族同胞共享健康美好的生活！

国家民委

中国民族报

学习强国

扫描二维码观看本片视频

咏梅参加全国两会。 咏梅供图

咏梅：看到患者的笑容总会无比满足

■ 孙文振　　张世辉

2019年8月19日是中国医师节。这天，全国政协委员、内蒙古自治区国际蒙医医院蒙医主任医师咏梅在朋友圈发了4张关于中国医师节的宣传海报，上面的宣传语"弘扬崇高精神，聚力健康中国""甘于奉献、大爱无疆、敬佑生命、救死扶伤""人生，就是场奔跑；医生，始终默默护佑"等引起了同事们的共鸣。在咏梅看来，最打动她的宣传语是"我不是万能的，但治病一定竭尽所能"。这是她从医26年来的人生信条。

作为蒙医主任医师，咏梅的工作固定而繁忙：每周一、三、五上午8点，是病房查房的时间，通常她会带领科室住院医师对住院患者逐一进行细致、耐心的查体、分析、解惑；每周的二、四、六是她固定的出门诊的时间。

"我算不上技能高超的专家，就是一名极为普通的医者。但要说自己是位有责任心、有热心、有爱心、有耐心、有同情心的医者，我想还是称职的。"咏梅说。

咏梅出生在医学世家，他的父亲巴图查干是内蒙古自治区成立后内蒙古医学院培养的首届蒙医本科毕业生，后来成为当地知名的蒙医专家。"我父亲是位很好的医生。他们那代人属于创业的一代，为蒙医打下了很好的基础。"咏梅说。

咏梅出生在内蒙古自治区阿拉善盟阿拉善右旗，是一个相对偏僻的旗县。在咏梅的幼年印象中，旗县的医疗条件很是简陋。

"当初，我们旗还没有蒙医院。我父亲毕业后，被分配到阿拉善右旗人民医院，从一张办公桌开始起步，成立了全旗第一个蒙医科室，最后建立了阿拉善右旗蒙医医院。"咏梅说，"那会儿的蒙药，不像现在的成药都是用专门的制药设备制作出来的。我父亲那一代，从上山采药到炮制，都要靠自己来完成。"

在咏梅印象中，父亲兢兢业业工作了一辈子。受父亲影响，高中毕业后，咏梅考入内蒙古自治区蒙医学院。1993年毕业后，她进入内蒙古自治区中蒙医院工作，从事蒙医临床一线的诊治工作。2012年，内蒙古自治区国际蒙医院成立，这是一家上规模的三级甲等综合医院，代表了我国蒙医药发展的最高水平。可以说，咏梅见证并参与了内蒙古自治区蒙医药的高速发展。

2012年至2016年，咏梅通过考试选拔，有幸成为全国第五批名老蒙医、新中国成立以来蒙医第二位国医大师吉格木德教授的临床学术继承人。她用心跟师学习3年，一方面认真学习老师的诊病用药技巧，另一方面学习老师善待患者的谦逊医德，然后将学到的知识结合自己的临床经验，应用于患者的疾病治疗中。"每当看到患者满带笑容来复诊，我总会无比满足。"咏梅说。

如今，蒙医受到越来越多患者的青睐，不仅有中老年人，也有青年人；不仅有蒙古族患者，也有其他民族的患者。慕名前来找咏梅看病的患者络绎不绝。

从巴彦淖尔市前来找咏梅看病的一位患者说："我是通过别人介绍来找咏梅医生看病的，我觉得她看得非常好，人也特别亲切、和蔼。"

一位年近七旬的退休干部更是伸出大拇指赞扬说："咏梅医生是位责任心强并且有担当的医生，可以说是德艺双馨。"

从医26年来，从一名住院医师开始，咏梅经历过写病历、加班、值夜班、抢救急危重症患者、讨论死亡病例……她抛家舍业进修学习，被夸奖、被感激，甚至被误解等滋味都尝到了。在不被理解时，她也曾有过后悔的念头，但仅仅是一闪而过，热爱医生工作的信念一直支撑她无怨无悔地走下去。

"工作中，我最高兴的时候就是出诊、查房的那一刻。那是我的舞台，我热爱它！正因为如此，每一位患者我都会耐心对待，特别是对那些困难患者，更要给予更多的关注。"咏梅说，诊病过程中，她非常注重问病史，因为问得越细，了解得越多，诊断的准确率就越高，患者花的时间和金钱就越少。

如何进一步提高社区卫生服务中心的医疗水平，让居民在家门口就能享受到便捷、优质的医疗服务，是咏梅一直关注的话题。在全国两会上，作为全国政协委员的咏梅提交了"关于从基层全科医疗的视角看社区卫生服务中心发展"的提案，并且喜获立案。

"习近平总书记在参加十三届全国人大二次会议内蒙古代表团审议时的讲话，让我深受鼓舞。作为一名医疗工作者，我一定会恪守职责、辛勤工作，以实际行动为人民群众服务，为'健康中国'战略的实施奉献一份自己的力量。"咏梅说。

藏　族

尼玛：让三江源地区传统村落走向振兴

祝福　　传统村落是活态的遗产，展示了一方水土的历史、艺术和科学创造，饱含着一个群体的记忆和情感。工匠筑造的过程，也是与建筑深情对话的过程。我们希望通过保护传统村落联结过往和未来。今年是新中国成立70周年，祝福我们的祖国在党的领导下永葆雄健之姿，中华民族永秀于世界民族之林。祝大家吉祥如意，扎西德勒！

国家民委

中国民族报

学习强国

扫描二维码观看本片视频

尼玛在考察古建筑途中。　牛锐摄

尼玛：让三江源地区传统村落走向振兴

■ 牛　锐　　文　静

盛夏是三江源地区最美的季节。四面八方的人们纷至沓来，青海省玉树藏族自治州藏族古建筑业协会（以下简称"玉树州藏族古建协会"）会长尼玛忙得不亦乐乎：组织承办中国古村落保护论坛，去传统村落考察，与高校及有关单位合作建设传统村落保护平台，组织老工匠带徒授艺……事情虽多，关键词却只有一个——传统村落。

"三江源地区的传统村落是人与自然和谐相处的智慧结晶。保护好这些传统村落，守护好绿水青山和优秀传统文化，是我们义不容辞的责任。"尼玛说。

尼玛的家乡在通天河畔。他是在藏式民居中长大的，父亲很早就教给他藏式建筑的营造手艺，但尼玛真正开始关注传统村落，却是在"4·14"玉树地震之后。

"三江源地区的传统建筑主要有石雕、木雕、混合雕三种，人们就地取材，依地势砌筑。地震中，那些用传统工艺修建的老房子基本没有倒塌，其优良的抗震性能充分彰显。我们重建家园的时候，不能丢了这些传统。"尼玛说。

最初，尼玛对于如何保护传统村落并不十分了解，但他凭借满腔热情，拿出经商积累的大量积蓄，边学习边研究，用近十年时间探索出一条独具特色的三江源地区传统村落保护之路。

要保护，首先得摸清家底。玉树州藏族古建协会成立后，尼玛组织团队按照《中国传统村落档案》标准，通过无人机航拍、专业团队测绘、访问村民等方式，为分布在三江源地区的一百多个村子建立了档案，基本信息涉及村落选址与空间布局、街巷空间与单体建筑、装饰特征与民风民俗等方面。如今，这些丰富的信息被珍藏在尼玛的办公室里。其中，既有老工匠手绘的2800多幅传统纹饰图案，也有按照建筑行业标准制作的建筑结构图。

"过去，藏式建筑营造技术都靠口耳相传的方式传授。现在有了这些基础资料，传统营造技术就有了更好的传承依据。"尼玛说。

今年75岁的严培，是玉树市仲达乡颇有名气的建筑工匠，把传统手艺传下去是老人长久以来的心愿。2018年秋，尼玛几经打听找到严培，邀请他到玉树州藏族古建协会担任指导老师，传授设计理念和技术。严培欣然同意。

在玉树州藏族古建协会，汇集着二十多位像严培这样的老工匠。"他们是传承藏式建筑技艺的宝贵人才，一定要保护好。"尼玛说。

为了激发工匠们的积极性，玉树州藏族古建协会创新探索出"协会＋企业＋工匠"运营模式，委托玉树州拉布民族古建筑有限公司组织工匠参与施工，既传承了手艺，又增加了工匠收入、开拓了市场，搭建起可持续发展的良好平台。

为了培养更多藏式建筑人才，尼玛还把目光投向了高校。在他的努力下，近日，文物建筑测绘研究国家文物局重点科研基地（天津大学）实践基地、青海民族大学建筑工程学院教学实践基地落户玉树，三江源地区传统村落保护获得了更多智力支持。

"传统村落保护要见物，更要见人。我们要树匠心、育匠人，把工匠精神发扬好。"尼玛说。

在从玉树机场到玉树市区的路上，"世界最大野牦牛毡黑帐篷"坐落在绿水青山间，分外醒目，游客在此流连忘返。这个美好的地方还有一个名字——玉树雅砻江流域古村落生活体验区札囊仓。如今，玉树州藏族古建协会已经建设了二十多个这样的古村落生活体验区。卓木齐村糌粑节、吾云达村泼水节等在传统村落中产生的节日，在这些体验区都能感受到。

"我们在考察传统村落的过程中，发现了二十多处亟待保护的单体建筑。按照文物古迹保护原则，我们修复了这些老建筑，并结合脱贫攻坚、文旅融合，打造了古村落生活体验区。"尼玛说，"要通过发展旅游业，让文物活起来，让文化火起来，让传统村落走向振兴。"

称多县歇武镇直门达村村民白玛曲珍，是直本仓故居（直本仓指的是历史上管理通天河渡口摆渡事宜的直本·罗文要周家族——编者注）的女主人。前些年，在政府的帮助下，白玛曲珍家建起了新房子，她家的老房子慢慢变成仓库、牲畜圈，日益破败。玉树州藏族古建协会抢救、保护了老房子，并指导白玛曲珍还原老房子各功能区的面貌，建设了家庭博物馆。游客慕名而来，白玛曲珍一家不仅实现了增收，也增添了自信。在白玛曲珍家的带动下，乡亲们认识到传统建筑的价值，加入了传统村落保护行列。

"今后，我们要更好地发挥古村落体验区的带动作用，争取在藏族文化（玉树）生态保护实验区建设中有更大作为。"尼玛说。

柯尔克孜族

满丽开·斯依提：爱在乌鲁木齐

祝福　　祖国繁荣昌盛，我们普通人有了走出家乡、实现梦想的机会。我从边境村落来到乌鲁木齐市，在这座城市生活了将近半个世纪，已经深深爱上了这里。我在这里交上了知心朋友，遇到了知心爱人，还有了自己的事业，实现了自己的价值。今年是新中国成立70周年，愿祖国越来越强大，祝各族同胞开心、快乐、幸福！欢迎大家来新疆做客！

国家民委　　　　中国民族报　　　　学习强国

扫描二维码观看本片视频

满丽开·斯依提和丈夫在一起。　张国欣摄

满丽开·斯依提：爱在乌鲁木齐

■　张国欣

新疆维吾尔自治区乌鲁木齐市国际大巴扎游人如织。满丽开·斯依提和丈夫挽着胳膊，说说笑笑，漫步在人群中。这是这对老夫妻每周一次的购物时光。

17岁那年，满丽开来到乌鲁木齐市，读书、工作、结婚、生子……如今，46年已经过去了。满丽开的家乡在和田地区皮山县康卡尔柯尔克孜族乡，这是位于祖国边境线上的一个乡。

1973年夏天，揣着新疆医学院（今新疆医科大学）的录取通知书，满丽开从家乡出发，先坐驴车转货车再转客车，走了8天时间，才来到乌鲁木齐市。

这是满丽开第一次离开家乡,也是她第一次结识这么多民族的朋友。满丽开所在的临床医学班的同学,来自全疆各地和西藏阿里地区,有维吾尔、哈萨克、蒙古、藏、汉等民族。

回忆起当年的时光,满丽开感觉如在昨日。"刚到学校的时候,我们好多同学一句普通话都不会说。"满丽开说,同学们去学校小卖部买生活用品,只会用手指着说"要这个,要那个"。一年的预科学习后,满丽开和同学们可以用普通话交流了。

"我们一起上课,一起吃饭,一起上自习,晚上在宿舍还要开'卧谈会'。"满丽开说,语言通了,心就近了。在和同学们的相知相惜中,她逐渐融入了这座城市。

大学时光,满丽开不仅交到了知心好友,还邂逅了一生所爱。大三那年的春节,去亲戚家拜年的时候,她认识了哈萨克族小伙艾尔肯·艾力,也就是她如今的爱人。

艾尔肯回忆,几乎是在看到满丽开的第一眼,他就打算追求这个漂亮的女大学生。说起两人的爱情故事,满头银发的满丽开脸上泛起红晕。"他每天中午要骑半个小时自行车,到学校陪我吃饭。每星期都要给我写情书。"

当时,满丽开的哈萨克语还不太熟练,但维吾尔语不错。为了让满丽开了解自己的情愫,艾尔肯写情书时经常翻着维吾尔语词典,去寻找最浪漫、最贴切的词汇。

满丽开的女儿说,新疆医科大学校门口的一棵老树,见证着父母的爱情。当时,还没有手机这些通信工具,两人联络不方便,艾尔肯并不是每次到学校都能等到心上人。为了让满丽开知道自己来过,艾尔肯就会在那棵老树上挂一个铃铛，作为信物。

因为一个人，更爱一座城。毕业后，满丽开留在了乌鲁木齐市，在一家国企的职工医院做了儿科医生。不久，她与艾尔肯结婚、生子。

"我在一个科室，干了一辈子，从'小满'变成了'满奶奶'。"满丽开说，"因为我生活在多民族大家庭，会讲普通话、维吾尔语、哈萨克语、柯尔克孜语等语言，和各族患者沟通起来基本没有障碍，单位几千名职工和他们的孩子，几乎都找我看过病。"

如今，满丽开走在路上，总会有人给她打招呼。有些叫她"满大姐"，这些是单位里的老同事；有些叫她"满奶奶"的年轻人，虽然她已经认不出了，但是她知道，是自己曾经看过病的孩子们。

满丽开性格开朗，和单位的各族同事相处得很好，还当上了工会主席。"单位就是另外一个家。"满丽开说，现在退休了，老同事们还会经常聚会，一起吃饭、唱歌。

"我爱乌鲁木齐，这里有我的家庭，我的朋友，我的事业。"满丽开说。

对家乡的爱，也一直留在满丽开的心底，从未淡化。

退休后，满丽开每年都要回趟老家。相比当初自己来上学的时候，现在交通方便多了。坐飞机的话，一上午就可以到老家。坐火车更经济一些，头天晚上坐火车，第二天上午能到皮山县城，然后坐汽车，直达家门口。家乡这些年的变化，让满丽开很欣慰。

"当年我外出的时候，家乡的人连粮食都很紧缺，一年吃不到几顿肉。现在，这里的好多家庭都买了小汽车。"满丽开说，因为康卡尔乡在边境线上，很多乡亲当了护边员。单这一项工作，每个月工资就有两千多元。"乡亲们都说，党的政策好啊，感谢共产党。"

撒拉族

韩维林：拉面牵出幸福路

祝福

二十多年前，我和许多乡亲一样，凭着手艺走南闯北，开起了拉面店。如今，青海省大力发展拉面经济，我们循化撒拉族自治县作为主力军之一，已经形成拉面经济产业链，乡亲们都是产业链上的一员，日子越过越红火。小小的一碗拉面，已经成为我们撒拉族群众的致富面、和谐面、幸福面、小康面。今年是新中国成立70周年，祝伟大祖国繁荣昌盛，祝各族人民日子越过越红火！

国家民委

中国民族报

学习强国

扫描二维码观看本片视频

对于家乡,韩维林有诉不尽的真情。　牛锐摄

韩维林:拉面牵出幸福路

■　牛　锐　文　静

"窗外是个清新烂漫的世界,清凉如水的微风追赶着金色的黎明,草叶上酣睡的露珠们快乐地探身相迎……"盛夏,青海省海东市循化撒拉族自治县(以下简称"循化县")的一个小区里,传来撒拉族女孩艾米娜的琅琅读书声。

看着女儿认真的模样，韩维林眼里满是爱意："现在的生活越来越好了，孩子们的未来会更美好。"

韩维林是从循化县走出的第一代拉面匠，如今在山东省济南市经营拉面店，并担任济南市拉面行业协会负责人。趁着放暑假，韩维林夫妇带着孩子们回到循化县，寻乡音、叙乡情。

对于家乡，韩维林有着诉不尽的真情。"我的老家在循化县积石镇西沟村，村子坐落在狭长的山谷中，富有撒拉族特色的民居顺势建在山坡上。"韩维林说，小时候，父母带着几个娃娃，守着几亩薄田过日子，生活很辛苦。20世纪90年代，他带着向乡亲们借的400元钱，踏上了外出务工之路，先后在北京、天津等地卖过烤串、开过拉面店。"如果没有老乡的帮助，就不会有我的今天。"韩维林说。

2005年，韩维林在济南市开起当地第一家撒拉族餐厅。因为饭菜可口、经营规范、诚实守信，餐厅的生意越来越好。"拉面店就像一个家庭，店里既有循化县的撒拉族，也有当地的其他民族。我们都是一家人，和睦得很。"韩维林说。

有的乡亲听说韩维林在山东省的生意做得好，就拖家带口来投奔他。韩维林不仅免费给乡亲们提供吃住，免费教拉面技术和经营之道，还借给乡亲们开店的本钱。

韩乙拉四难以忘记自己初到济南市的情景："那天气温有40度，我们一家人拖着行李找到韩维林，他二话没说，掏钱把我们带到宾馆安顿下来，我知道自己找对人了。"如今，韩乙拉四不仅在济南市经营起自己的拉面店，还在韩维林的影响下为更多乡亲提供帮助。

据统计，循化县目前有70多户、500多人在济南从事拉面行业，其中直接在韩维林帮助下开拉面店的就有30多户、200多人。

济南市是一座多民族和谐共居的城市，拉面店主来自五湖四海。为了团结拉面行业的力量，实现有序竞争、共同发展，大家推荐韩维林担任济南市拉面行业协会负责人。协会是自发组织成立的，工作人员没有报酬，办事凭的是责任感和满腔热情。

"维护民族团结是首位的。"韩维林说，"我们的工作重点就是为拉面从业人员提供服务，帮助他们更好地融入当地，解决行业内部可能出现的问题，促进邻里和谐，实现共同进步。"在济南市拉面行业协会的推动下，一家家拉面店不仅成为拉面从业人员的致富平台，也成为民族团结进步的窗口。

在济南市打拼多年，韩维林打心底里爱上了这座城市，把它视为自己的"第二故乡"。汉族老人林玉珍是韩维林的邻居，韩维林得知老人要一边照顾患有智力障碍的女儿生活、一边照顾年幼的外孙女上学，生活十分困难，就在小区附近找了一家铺面，并垫付了1.4万元启动资金，帮老人开起小卖铺。虽然店面不大，林玉珍一家的生活却因此有了起色，老人逢人便夸助人为乐的好邻居。

2015年，韩维林作为全省民族团结进步模范个人，登上了山东省第七次民族团结进步表彰大会的领奖台。2017年，韩维林作为全国少数民族参观团的一员，受到党和国家领导人的亲切接见。此外，韩维林还荣获了促进青海拉面产业发展"优秀拉面务工人员"、海东市民族团结十大感动人物等荣誉称号。

随着经济社会发展，韩维林也在思考着拉面行业的转型升级。"近三十年来，拉面经济已经实现了三次转型，即将面临再次提档升级。"韩维林认为，像自己当初那样在老乡的帮助下学技术、借资金、开小店，是拉面经济最传统的形态。循化县组织外出务工人员学习拉面技术与经营方法，为大家提供开店的小额贷款等支持，建设"撒拉人家"公共品牌，使拉面经济发展实现了重大突破。近年来，青海省大力发展拉面经济，打造拉面经济产业链，创造了巨大的经济效益和社会效益。未来，规范的连锁经营、现代的生产加工、确立行业标准，是大势所趋。

"现在，我们循化县人在全国开了7500多家拉面店，从业人员近4万，乡亲们的钱袋子鼓了、眼界开阔了、观念更进步了。以后，我们要更好地发扬敢闯敢拼、自强不息的品质，迎接新时代的浪潮，创造更美好的生活。"韩维林说。

维吾尔族

库尔班·尼亚孜：架一座通往现代文明的桥梁

祝福 　一滴水只有汇入海洋，才能获得永久的生命；一个民族只有融入祖国大家庭，才能得到永续的发展。在新中国成立 70 周年之际，祝福伟大祖国繁荣富强，愿各族同胞永远像石榴籽一样紧紧抱在一起。祖国，我爱您！

国家民委

中国民族报

学习强国

扫描二维码观看本片视频

库尔班·尼亚孜在课堂上。　　牛海燕摄

库尔班·尼亚孜：架一座通往现代文明的桥梁

■ 张国欣

如今，在新疆维吾尔自治区阿克苏地区乌什县依麻木镇，几乎所有的家长，都想把孩子送进库尔班·尼亚孜开办的国家通用语言学校。

16年前，当库尔班·尼亚孜拿出全部家底在家乡办学校，挨家挨户劝说孩子们来读书的时候，他没想到，自己有朝一日能得到这么大的肯定。

1986年，从新疆大学汉语言文学专业毕业后，库尔班·尼亚孜成为阿克苏职业技术学院的一名教师。上世纪90年代，跟随着"下海潮"，库尔班·尼亚孜到内地做生意，因为没有语言障碍，他走遍了大半个中国。

在东南沿海发达地区，库尔班·尼亚孜看到种种新气象：人们思想开放，接受新事物快，工作勤奋，能吃苦，效率高……他经常思考这样一个问题："是什么原因造成新疆和这些地区在发展上的差距？"

后来，库尔班·尼亚孜回到家乡乌什县伊麻木乡（2015年4月，伊麻木撤乡设镇），经营一家药店。小镇有2.7万人，绝大多数是维吾尔族。由于地处偏远，绝大多数群众不懂国家通用语言，乡亲们出去务工、做生意非常困难。

一天，一位老人带着孙女到药店买药，库尔班·尼亚孜看到孩子正在出水痘，就告诉老人如何治疗。谁知老人却斥责他："我的孩子长得太漂亮了，被人嫉妒，遭了诅咒才变成这样。"

类似的事情见得多了，库尔班·尼亚孜深刻地意识到，打针吃药只能解除身体上的病痛，却治不了精神的匮乏和思想的落后，他觉得自己应该做些什么来改变这种状态。

"不懂国家通用语言是制约少数民族发展的一大障碍。"库尔班·尼亚孜说，让孩子们学好国家通用语言，就等于为他们搭建一座通向现代文明的桥梁。

2003年5月，库尔班·尼亚孜拿出全部积蓄60万元，在家乡创办了一所国家通用语言幼儿园，并从附近的新疆生产建设兵团请来了汉族教师。库尔班·尼亚孜带着老师挨家挨户做动员，一遍遍给维吾尔族老乡讲学习国家通用语言的重要性。有家长被他的诚意打动，答应让孩子试试。最终，80多个孩子来报名。

学校刚开课的场景，库尔班·尼亚孜记忆犹新：孩子们一个汉字不认识、一句国家通用语言不会说。老师在上面讲，孩子们跳过门槛往外溜，老师拔腿追，孩子又蹬、又抓、又咬。

如何才能让孩子尽快适应新的教学环境？老师们试着用唱汉语歌、背唐诗、说快板、唱京剧的上课方式，吸引孩子们的注意力。他找人把学校院墙布置成"文化墙"，把张骞出使西域、马可·波罗丝绸之路探险、《西游记》的故事图文并茂地刷在墙上，孩子们看得津津有味。

"你""手""不"……库尔班·尼亚孜和几个老师从最简单的单字和拼音开始，教孩子们学语言。仅六个单韵母，他们就整整教了一个月。

一年后，幼儿园的孩子们毕业了。看到孩子们短短一年时间就能说一口比较流利的国家通用语言，库尔班·尼亚孜看到了希望，顺势开办了小学。

16年来，在各级党委、政府及社会各界的支持下，学校已经从创办初期的80多名学生发展到现在800多名在校生。90%以上的毕业生，考上了区内初中班或内地高中班。2016年，学校的第一届毕业生穆萨·图尔贡，以701分的成绩考取了清华大学，成为乌什县第一个被清华大学录取的学生。现在，不仅是依麻木镇，连县城里甚至外县的家长，都排着队想把孩子送到库尔班·尼亚孜开办的学校上学。

常言道：实践出真知。库尔班·尼亚孜不是传统意义上的专家，但在推进双语教育方面却自有一套成功的经验。

"学前教育跟不上，后来怎么投入都不行；双语教师只讲数量，不讲质量不行；语言不是学会的，而是用会的……"谈起推进双语教育的经验，库尔班·尼亚孜滔滔不绝。

以传统文化为引领，建设校园文化，这一理念贯穿于依麻木镇国家通用语言小学的教学管理中。

"加强中华民族大团结,长远和根本的是增强文化认同。"库尔班·尼亚孜说,他一直牢记着习近平总书记的教导,在教授学生国家通用语言文字的同时,还积极聘请专业教师,在学校开设京剧、古筝、二胡、安塞腰鼓等丰富多彩的课程,让学生感受中华优秀传统文化的魅力,增强对中华文化的认同,夯实民族团结进步的"根"和"魂"。

2018年,在庆祝改革开放40周年大会上,库尔班·尼亚孜作为"改革先锋",受到党中央、国务院的表彰。大会对他的评价是:"民族团结进步的践行者"。

壮　族

韦焕能：村民自治第一村的"改革先锋"

> **祝福**　"民主自治，敢为人先"是我们合寨村能够成为"中国村民自治第一村"的精神写照。我亲历和见证了中国农村的发展与变化，也相信乡村振兴会让中国农村变得更加富裕、美丽、文明。今年是新中国成立70周年，祝愿祖国更加繁荣富强，祝愿农民的日子越来越好！

国家民委　　　中国民族报　　　学习强国

扫描二维码观看本片视频

韦焕能在村民自治文化展示馆作介绍。　吴艳摄

韦焕能：村民自治第一村的"改革先锋"

■ 吴　艳　　文　静

　　2018年12月18日，在北京举行的庆祝改革开放40周年大会上，中共中央、国务院授予100人"改革先锋"称号，颁授"改革先锋奖章"。作为基层群众自治制度的探索者，77岁的韦焕能是受表彰的"改革先锋"之一。

　　韦焕能是广西壮族自治区河池市宜州区屏南乡合寨村人。20世纪80年代初期，随着家庭联产承包责任制的推行，农民的生产积极性被充分调动起来，农业生产得到快速发展。但是，人民公社"三级所有，队为基础"的农村基层管理体制已不适应新形势发展的需要，引发了一些社会问题，村民们的生产生活受到严重影响。

"不能这么下去了，该有人管管了！"32岁的党员韦焕能站了出来，他召集生产队党员干部和群众讨论，果断作出决定：成立村民委员会来管理集体事务。1980年1月25日，村民们用无记名投票方式，在卷烟纸上投票，差额选举产生了村民委员会，韦焕能当选为首任村委会主任。

随后，合寨村委员会订立了第一个《村规民约》，开启了在中国共产党领导下实行村民自治的探索，揭开了中国农民"直接行使民主权利，依法管理自己的事情，创造自己的幸福生活"的历史序幕，开创了"中国农村民主政治建设"的先河。

此后，合寨村成立了村民民主理财小组。1998年，合寨村成立了由12人组成的村级事务监事会，7人组成的集体经济审计组和5名村民代表组成的民主理财组，"一会两组"被群众称为"小纪委"。2010年，合寨村将村级事务监事会提升为村务监督委员会。

1982年，村民自治被写进《中华人民共和国宪法》，成为我国社会主义民主在农村最广泛的实践形式之一。1983年10月，中共中央、国务院发出《关于实行政社分开、建立乡政府的通知》，明确要求在农村建立由村民选举产生的村民委员会。此后，全国普遍开始了撤销生产大队，设立村民委员会的工作，村民委员会从此由合寨村走出广西、走向全国。

村委会的工作走上正轨后，韦焕能改任副主任。1984年至2005年，韦焕能一直担任合寨村委会副主任。

1992年，村委会组织修建进村公路时，在占地赔偿协调工作中遇到一些困难，"村两委"成员挨家挨户做工作。

"公路修好了,村里的基础设施建设也开展起来。村民进出村、赶集、做买卖都方便了。"韦焕能说,"合寨人不断发扬'民主自治,敢为人先'的精神,创新了村务公开民主管理的'十项制度'和'十簿一卷',深化和拓展村务公开民主管理工作,促进了农村经济社会的快速发展。"

村民自治激发了农村活力。2015年,合寨村村民自治文化公园和展示馆建成,韦焕能任馆长,他和展示馆里的珍贵资料见证了合寨村的发展与变化。

如今,合寨村村民年人均纯收入达9000多元,90%以上的农户住上楼房,安装了闭路电视。村子里,老年人活动中心、农家书屋、篮球场等活动场所陆续建成,村民的幸福指数节节攀升。

"为进一步激发群众创造力,我们在原有村民自治的基础上,成立了'党群理事会'来管理屯级事务,让村民自治不断得到拓展、深化。"合寨村委会主任兰峰说,"未来,我们将在乡村振兴上继续改革探索,把'中国村民自治第一村'建设得更加美好。"

汉 族

黄会林：让中华文化立起来、走出去

祝福 青年是祖国的未来，也是世界的未来。青年的志趣、青年的追求，关乎世界、国家、民族的发展。作为大学教师，我十分珍惜这份事业，一息尚存、永不止步。我爱我的祖国，我愿意为祖国奉献一生。祝愿祖国永远繁荣昌盛！

 国家民委

 中国民族报

 学习强国

扫描二维码观看本片视频

黄会林近照。 马永摄

黄会林：让中华文化立起来、走出去

■ 闫若之　牛　锐　马　永

初秋的风似一支画笔，勾画出耀眼的阳光与湛蓝的天空，也为北京师范大学校园涂上多彩的颜色。走进北京师范大学中国文化国际传播研究院，85岁的黄会林的笑容如同初秋的阳光一般温暖、亲切。这位从抗美援朝战场上走来的"铿锵玫瑰"，在北京师范大学耕耘了六十多个春秋，一直为中华文化"立起来、走出去"躬耕不辍。

"抗美援朝战争对我的影响是终生的，奠定了我的价值观。我们幸福美好的生活是烈士用生命换来的；我们肩上扛着历史责任、扛着烈士遗志。"这位在清川江战役中唯一获得"人民功臣"奖章的老战士神色凝重地说，"祖国需要我们到哪儿就到哪儿，祖国需要我们做什么就做什么，这是我们的本分，也是应尽的职责。"

从战场上归来后，黄会林在北京师范大学完成了学业，并留校从事现代文学研究，教授戏剧课程。

1985年期末考试，她给学生们布置了一个特殊的考题——创作剧本。"同学们交上来六七十部剧本，质量上乘。我们排演了其中的6部小剧。"黄会林说，"演出大获成功，我们不仅用实际行动回击了'中国话剧消亡论'，还应邀参加了在北京举办的国际莎士比亚戏剧节。"

为了做好戏剧节的排演工作，北国剧社应运而生。在北国剧社参演剧目《第十二夜》首场预演上，文学巨匠曹禺看完整出戏后，高兴地走上舞台与演员们交流。他说："我只有一个问题，你们怎么能演得这么好！"

"大道本无我，青春长与君。"三十多年来，北国剧社于教育中发展戏剧，于戏剧中弘扬教育，成为中国戏剧史上一个独特的文化符号。

1992年，黄会林任北京师范大学艺术系主任，创建影视专业。她和艺术系师生集思广益，明确了发展方向：一个目标——把影视专业建成培养具有头脑型、综合性的中国影视传媒教育人才、研究人才和创作人才的重要基地；两个翅膀——艺术与传媒齐飞；三个支柱——教学、科研、实践是建设影视学科三个必不可少的方面；四个特色——整合建制特色、人才培养特色、理论研究特色和实践品牌特色。

为了给学生提供更好的实践平台，1993年，黄会林和几位年轻教师共同发起创办了北京大学生电影节。26年来，北京大学生电影节已成长为具有独特品牌和国际水准的国家级电影节。秉承"青春激情、学术品位、文化意识"的宗旨，一大批优秀的国产电影从大学生的视野和推荐中脱颖而出，进而走向全国、走向世界。

2007年，黄会林卸任北京师范大学艺术与传媒学院院长，她的学术人生再次迎来转型。

"当今世界文化呈现多元格局，但影响力各不相同。中华文化不能总是跟在强势文化的后头，应该立起来、走出去。假定欧洲文化是一个极、美国文化是一个极，那么到了21世纪，中华文化可不可以奋身而起、影响世界？"带着这样的思考，黄会林在2009年底召开的北京文艺论坛上正式提出"第三极文化"。

"中华文化植根于传统，5000年没有断裂。中华文化是可以挺立起来、影响世界、发挥作用的。"黄会林说。在这一理念指导下，2009年末，北京师范大学中国文化国际传播研究院揭牌运营。十年来，研究院以传播中华文化为己任，组织开展了"看中国·外国青年影像计划"（以下简称"看中国"）、"走出去"与"请进来"国际学术论坛、《银皮书：中国电影国际传播研究年度报告》等活动。

来自巴西的大学生佩德罗·尼西参加了2016年的"看中国"活动。通过对新疆维吾尔自治区察布查尔锡伯自治县一位锡伯族小女孩日常生活的追踪，他完成了一部关于锡伯族语言文化传承的短片《有一个地方只有我们知道》。他将这部短片的关键词提炼为"心"，并真诚地说:"我的心将永远留在这里,在中国的这段记忆也将永存我心。"

9年来,来自60个国家的600多名青年参加了"看中国"活动,完成了609部短片,获得了100多个国际奖项。这些短片向世界展示了一个文化灿烂、多姿多彩的中国。

"'看中国'就是把外国青年请进来,让外国青年讲中国故事。"黄会林说,"他们对中国充满好奇,用自己的视角讲解中华文化,都说中国了不起!而这,正是我们工作的意义和价值所在。"

独龙族

孔玉才：更好的日子还在后头

> **祝福**　独龙江乡的跨越发展，让我们深刻感受到中国共产党领导的政治优势，中国特色社会主义的制度优势，中华民族大家庭的团结奋斗优势。今年是新中国成立70年，祝愿伟大祖国越来越富强，祝愿各族人民越来越幸福！

国家民委

中国民族报

学习强国

扫描二维码观看本片视频

孔玉才荣获2019年全国脱贫攻坚贡献奖。　孔玉才供图

孔玉才：更好的日子还在后头

■ 渠玺月

云南省怒江傈僳族自治州是我国最贫困的地区之一，而怒江州峡谷深处的独龙江乡因长期不通公路，更是"贫中之贫"。在党中央的关心和支持下，20年间，独龙江乡经历了通公路实现与外界连接、通隧道结束半年大雪封山以及整族整乡脱贫的"三级跳"，这是独龙族历史上自新中国成立从原始社会一步跨入社会主义社会后，实现的第二次历史性伟大跨越。在这一伟大跨越中，有一群共产党干部全心全意扎根边疆，"敢教日月换新天"。孔玉才就是他们中的代表。

2012年，在贡山独龙族怒族自治县民宗局工作的孔玉才离开在县城的家，以新农村指导员的身份回到故乡——独龙江乡。彼时他的妻子没有工作,儿子还在牙牙学语。

"我不仅是独龙族人,还是一名共产党员,我有责任和父老乡亲们站在一起战胜贫困。"孔玉才说。

当时,独龙江乡公路全为毛路,孔玉才被分配到乡里最南面的马库村。马库村虽然只有70户村民,但是由于山陡谷深,孔玉才花了两个多月时间走村入户,才把村里的基本情况摸清楚。

马库村生存条件恶劣,要彻底脱贫只能易地搬迁。然而,搬迁需要协调土地置换,要保障群众搬得出、住得下,做好这些工作谈何容易。孔玉才告诉乡亲们"安居房比茅草房好",群众却说"砖头不能当饭吃"。他向乡亲们承诺:"共产党不会让大家掉队的,大家要相信党。"就这样,反反复复、家家户户,走破脚皮、磨破嘴皮,这位瘦小的新农村指导员以真情打动了群众。2014年,马库村的整村搬迁在"干群一条心、赶马运家具"中顺利完成。

由于工作出色,2014年,孔玉才被任命为独龙江乡党委副书记,2015年起任独龙江乡乡长。对工作,他不仅激情满怀,更精细要求。为推进文明生活,他抓人居环境提升行动。圈厕分离、人畜分离、拆除旧房、垃圾清理……一系列举措使乡村面貌焕然一新,家家户户打扫庭院成为常态,讲文明、讲卫生蔚然成风。

如今,独龙江乡纵长97公里峡谷的1100多户群众彻底告别了木楞房、篱笆房,住上了宽敞、明亮的钢混结构宜居房,家家户户庭院里种上了花和树,一幅美丽的乡村图景沿着独龙江铺展开来。

让独龙族发生翻天覆地变化的,还有交通的巨大改善。以前,独龙族人出行遇崖搭天梯、过江靠溜索,直到1964年才有人马驿道;1999年,乡里才通简易公路。2014年4月,在党中央的关心支持下,历时 4 年建造的高黎贡山独龙江公路隧道贯通，标志着独龙江乡群众彻底告别了半年封山的历史，从此天堑变通途。

在隧道贯通前，欣喜的独龙族群众写信向习近平总书记报告了这一喜讯。习总书记不仅很快回了信，向乡亲们表示祝贺，还在 2015 年 1 月考察云南省期间，专门把当初写信的几位干部、群众接到昆明市，详细询问独龙族的生产生活情况。

"习总书记的亲切关怀，给了我们独龙族努力奋斗的莫大动力。"孔玉才说。过去，独龙族人没有产业，也没有商品观念。这几年，全乡大力发展草果、重楼、羊肚菌、独龙牛、独龙鸡、独龙蜂等特色产业，既保护了当地良好的生态，又有效地推动群众增收，实现了绿色发展。

现在，独龙江乡草果种植达 6.8 万亩，重楼种植 1700 多亩。每到采收季节，草果漫山红遍，映红了独龙人幸福的笑脸。2018 年，全乡常住居民人均纯收入达 6122 元，实现了"村村通硬化路、户户通网络、家家有新居、户户有产业、人人有保障"。2018 年底，独龙江乡 4000 多独龙族同胞率先实现了整族脱贫。

前几天，又有喜讯传来：孔玉才荣获 2019 年全国脱贫攻坚奖贡献奖。"习总书记写信勉励我们，更好的日子还在后头。我们要继续听党指挥，苦干实干、顽强拼搏，把家乡建设得更加美丽富饶。"孔玉才说。

鄂温克族

梅花：把生态文明思想的种子播撒在鄂温克草原

祝福　今年是新中国成立 70 周年，祝愿祖国越来越富强，环境越来越好，早日实现中国梦。也请总书记放心：我们绝不辜负您的重托，一定守护好祖国北疆这道亮丽风景线。

国家民委

中国民族报

学习强国

扫描二维码观看本片视频

梅花近照。　张世辉摄

梅花：把生态文明思想的种子播撒在鄂温克草原

■　孙文振　　张世辉

8月的呼伦贝尔大草原，是草原最美的季节，蓝天白云、水草丰美、骏马奔驰、牛羊成群……

在呼伦贝尔大草原深处，内蒙古自治区鄂温克族自治旗伊敏中心校正在进行一堂生态文明建设宣讲课。全国人大代表、学校校长梅花面对着二十多位学生，再次回忆起2019年全国两会上，习近平总书记与内蒙古代表团共商国是的情景。

"今年3月5日下午，习近平总书记参加了十三届全国人大二次会议内蒙古代表团审议。大家都推举我作为代表向习近平总书记献哈达。我拿着哈达站在门口时非常紧张,但看到总书记笑着走进来时,感到特别亲切,就一点儿不紧张了。总书记跟每位人大代表亲切握手,还问我家乡是哪儿的。"虽然过去快半年了,但是回忆起这些细节,梅花仍然历历在目。

在参加内蒙古代表团审议时,习近平总书记强调,要保持加强生态文明建设的战略定力,探索以生态优先、绿色发展为导向的高质量发展新路子,加大生态系统保护力度,打好污染防治攻坚战,守护好祖国北疆这道亮丽风景线。

"能够代表内蒙古自治区各族人民向总书记敬献哈达,是我一生中最幸福的一刻!所以当时我就下定决心,回到家乡后,我要把全国两会的精神传达到最基层的牧民们当中,一定要倾尽全力守护好祖国北疆这道亮丽风景。"提起这个决心时,梅花依然很激动。

梅花是这么承诺的,也是这么做的。全国两会结束后,她就利用在旗里、镇里、牧区开会,或是家访的机会,在各种场合宣讲总书记讲话精神。"她不仅自己讲,还要求我们每一位老师都要把生态文明思想融入到教学中。"教师阿丽玛说。为此,学校还专门开设了生态文明建设宣讲课,梅花说:"我要让孩子们从小就在心中种下生态文明的种子。"

梅花的宣讲很有成效,伊敏中心校的孩子们不仅自己养成了爱护环境、不乱扔垃圾的好习惯,还把这种习惯带回了家。在记者跟随梅花家访时,发现很多牧民家里也准备了垃圾桶,生活垃圾绝对不往草原乱扔。梅花自己已不记得跟多少户牧民宣讲过了,"我做家访时,每去一次、每到一家,都得跟他们讲讲。讲得多了,肯定会见效。"

梅花笑着说。

梅花出生于牧民家庭，长在草原。1989年参加工作后，她长期在边远艰苦的苏木嘎查教学点工作。她经历了草原的蜕变，也见证了草原牧民生活环境的巨大改善，所以心中充满着感恩。

梅花中学时就读于伊敏中心校。那时候学校的办学条件很艰苦，教室是简易的土房，取暖用炉子。2007年，梅花回到了条件相对较好的旗里学校任教。但还不到两年，梅花就积极响应盟教育局的号召，主动回到师资短缺、生源流失严重的伊敏中心校。她说，她要把心中的那份感恩回馈给草原，回馈给牧民。

"来到学校的第一天，我都快哭了。"梅花说，这所建立于1918年的伊敏中心校，当时只有8名学生，取暖依然是土炉子，全校只有一台"大头"电脑能用，教师们七八个人合租一间民房……看到这样的基础设施，梅花感到千斤重担压在了肩上，"我怕自己守不住这所学校，更怕让奔波上百里来求学的孩子们失望"。

很快，梅花又给自己鼓劲儿：大家信任我，交给我这份重担，我总要尽力做点什么；既然选择了这里，再苦再累也要坚持下去。于是，解决供暖问题、添置多媒体教学设施、建立校园网……梅花尽力做好一件又一件"小事"，她不仅守住了学校，学生也从20名、30名、50名到80名持续增加。

"党的十八大以来，办学的难题总能及时解决。"2012年以来，伊敏中心校新建了1100多平方米的幼儿园，改建并配置齐全了音体美等专用活动室，教师们也有了两人一间的标准化宿舍。如今，学校在校生及幼儿有一百余人，教学成绩、学校管理等各方面位居全旗同类学校前列，有的甚至超过了旗里的学校。

不仅学校条件变好了，在精准扶贫的大力扶持下，牧民的居住条件、生活条件也得到了很大改观。"现在牧民们都住上了砖房，我们小时候的梦想变成了现实。"梅花指着路两边一幢幢结实的砖房流露出由衷的喜悦。

"这一切都得益于党的政策，受益于习近平总书记的精准扶贫和生态文明思想。总书记说过，绿水青山就是金山银山，这对我们来说尤为重要。草原是我们的家乡，'绿色'对我们来说就是'命根子'。这片美丽的草原曾经也面临着被破坏的危险，经过这几年加大环境治理力度，现在蓝天白云、绿水青山正在回归我们的生活！所以我们特别感谢总书记和党中央，我们更要像保护自己的生命一样保护草原。"梅花动情地说。

梅花承担起了绿色使命，也找到了一条践行初心使命的途径。正如梅花自己所说："孩子们是最好的宣传员，他们不仅自己学习并践行，还会把这些精神传递给父母、长辈，并感染他们、带动他们，带动更多的人。"

梅花就像蒲公英一样，用自己的方式，把习近平总书记关于生态文明思想的种子播撒在了鄂温克草原上。

"让我们的家园天更蓝、山更青、水更绿。"这是梅花的梦想，也是草原儿女共同的梦想。

珞巴族

达波儿：建设边境上的和谐家园

祝福　习近平总书记嘱托我们做神圣国土的守护者、幸福家园的建设者。我们一定牢记使命，建设好家园、守护好边疆。今年是新中国成立70周年，我在雪域边陲祝伟大祖国生日快乐，祝各族同胞幸福安康！

国家民委

中国民族报

学习强国

扫描二维码观看本片视频

党的十九大代表达波儿。　　王鑫然摄

达波儿：建设边境上的和谐家园

■ 文　静

过去，头戴熊皮帽，肩挎毒箭筒，短裤赤脚，行走如飞，是珞巴族猎人的英姿。如今，打猎为生的日子早已成为历史，珞巴族人民的生活已是另一番景象。

林密谷深，风光绮丽的西藏自治区米林县南伊珞巴民族乡坐落在边境地区，是我国人口较少民族珞巴族的聚居地。南伊乡才召村居住着41户190余位珞巴族群众。达波儿是才召村的党支部书记、村委会主任，刚过不惑之年的他已在此岗位工作8年有余。

2017年10月，达波儿作为党的十九大代表赴京参会。归乡之时，整个村庄都沸腾了。村民们身穿工布盛装，手拿洁白的哈达，三五成群地奔向村口。当载着达波儿的白色皮卡车一停稳，村民们立刻围拢上去，为风尘仆仆的达波儿献上哈达。随之而来的还有村民们一连串的问题："北京怎么样？""见到总书记了吗？""去看天安门、爬长城了没有？"……

达波儿笑容满面地回答："去了，长城、天安门、故宫都去了，见到了习总书记，还看到了来自全国各地的代表。"

虽已回归故里，达波儿激动的心久未平息。"真希望大家能一同前去北京，看看我们的首都，亲身感受我们国家的繁荣强盛。"达波儿对乡亲们说。

千里迢迢，达波儿不仅带回十九大精神和自己的所见所闻，也向各族同胞展现了珞巴族人民的新生活、新面貌。

1985年，深居大山的才召村珞巴族群众搬迁到现在的新村。搬迁后，这个边境村在惠民利民政策的强力支持下，逐步发展为旅游新村。

基础设施建设是才召村实现跨越式发展的重要支撑。2004年，米林县被确定为兴边富民行动重点县。十多年间，才召村乘政策东风，得到兴边富民行动等国家扶持资金支持，实施了安居工程、自来水、观光果园、民俗文化展厅建设等项目。

基础条件改善了，达波儿想方设法带领村民通过激活绿水青山资源、挖掘独特的珞巴族民俗文化，摸索出一条可持续发展的旅游兴村之路。近年来，才召村先后筹集资金433万元，建立了具有民族特色的珞巴山庄、珞巴客栈、珞巴民俗农家乐等，为村民们提供了就业岗位；积极筹措资金组建珞巴民族手工艺品农牧民专业合作社，引导农户发展农家乐、开办旅游商店，带领乡亲们做旅游纪念品深加工，人均增收6000元左右。

"自己富了不算富,大家富了才是真正的富。"这是达波儿的口头禅。2016年,才召村人均收入比2012年翻了一番,达到11567元,实现了整村脱贫摘帽的目标。

火车跑得快,全靠车头带。自2011年担任党支部书记和村委会主任以来,达波儿始终发挥着党员干部的领头雁作用。作为党的十九大代表,达波儿将宣传贯彻好十九大精神作为自己义不容辞的责任。为此,每次举办十九大精神宣讲会,他都精心筹备,并使用汉语、藏语、珞巴语等多种语言,用通俗易懂的话语开展宣讲,会后让村民谈感想、谈体会,确保十九大精神入脑入心。

达波儿始终坚信,讲团结、爱家园是全村发展的精神基础。2016年,贫困户次久正在上大学的女儿次仁玉珍被确诊患有脑瘤、癫痫。在得知次久准备放弃治疗时,达波儿带领村干部第一时间赶到次久家中看望,当即拿出1000元慰问金,并鼓励次仁玉珍要相信党和政府,在大家的帮助下一定能渡过难关。

在达波儿的多方筹措和感召下,各界爱心人士和群众慷慨解囊,送去慰问品、慰问金共7万余元。目前次仁玉珍已经康复,回到学校继续学业。

"我们要用好党的好政策,借助旅游资源优势,发展特色优势产业,逐渐走上富裕路。"达波儿说,对未来,他信心满满,"我们要为全面建成小康社会、实现中华民族的伟大复兴贡献边疆人民的一份力量"。

朝鲜族

罗哲龙：进入新时代，我们的生活会越来越好

祝福

在党和国家的关爱下，我们朝鲜族乡村也同步振兴起来了。进入新时代，我们有信心过得更好。祝伟大祖国更加繁荣昌盛，祝各族人民更加幸福安康！

国家民委

中国民族报

学习强国

扫描二维码观看本片视频

罗哲龙近照。　罗哲龙供图

罗哲龙：进入新时代，我们的生活会越来越好

■ 李　冰　彭　泺

趁着村党支部开会休息的间隙，吉林省图们市石岘镇水南村党支部书记罗哲龙来到新村民许今哲家，看看他还有什么需要帮助的。罗哲龙刚坐下，女主人就端上了从自家院子里采摘的水果。据女主人介绍，他们一家以前在城里打工，后来看到水南村的居住环境好、发展潜力大，就决定把水南村作为今后发展和生活的地方，今年全家落户水南村。

"现在水南村每年都能吸引五六户村民落户。"罗哲龙说,"还有一些离乡打工的年轻人也纷纷回来创业。"在罗哲龙看来,是家乡日新月异的发展在吸引人才回流。

走进水南村富有朝鲜族特色的村庄大门,一条条宽阔、整洁的水泥路通往各家各户;太阳能路灯下,一幢幢具有朝鲜族特色的白墙青瓦房和五彩斑斓的民俗文化墙相得益彰;路边的桃树、杏树和李子树硕果累累,各家小院都种满蔬果和鲜花,瓜果飘香的时候,整个村庄都透出富足美满的生活气息。这些变化都是罗哲龙最值得骄傲的地方。从前的水南村可不是这个样子。罗哲龙说:"水南村是传统农业村,乡亲们'种地打粮'的传统农业理念根深蒂固。那时候,乡亲们的日子不富裕,就纷纷选择外出打工。留下的老人们都住在泥草房里,村里的道路一下雨就积水,满是泥泞。"

2010年,44岁的罗哲龙当选为水南村村委会主任。带领在山窝窝里的村庄致富,是他和村干部们的首要任务。

为了吸引人才,罗哲龙和村党支部商量制定了"培养+回引"的双推进创业带富模式,积极回引了一批返乡创业能手。在"党支部+园区+企业+农户"的发展模式下,充分调动村集体闲置资源,大力发展食用菌特色产业,每年获得的效益分红可为村集体经济增收10万元。返乡人才金国星作为带头人的蔬菜种植项目,使全村20人参与创业,人均年收入达到2万元。

由于村里的贫困户多是老年人,仅依靠分红并不能带动他们致富。于是,村党支部决定充分开发旅游资源,让老年人从事一些力所能及的小事,在自家门口挣到钱。

"我们图们有'四好',山好、水好、风景好、文化资源好。不过,要让城市里的人们喜欢上这里,只有山水不成,还要提升村庄的基础设施和生活条件,让城里人羡慕和向往。"在罗哲龙的带领下,水南村每年举办农耕舞比赛、农民文化艺术节,还设置了民俗体验、民俗歌舞等一系列受游客喜爱的项目。游客越来越多,乡亲们的积极性越来越高,做米肠、炖土鸡、烧米酒、卖庭院小菜,表演打糕技艺、从事民宿接待,致富的路子越走越宽。

几年时间,借助国家兴边富民政策的支持,水南村不仅建起了新房,完成了全村由传统旱厕到水冲式厕所的改造,还建起了停车场、民俗文化广场、朝鲜族传统民俗展览馆、400米民俗文化围墙等基础设施,生活方便了,村庄环境优美了,水南村走上了脱贫致富的道路。

2016年7月,水南村党支部被评为"全国先进基层党组织"。2017年,水南村被国家民委命名为少数民族特色村寨。同年,罗哲龙当选党的十九大代表,罗哲龙说:"我将边疆的发展报告给全国人民,将党的十九大精神传达给乡亲们。乡亲们围坐在一起学习十九大精神,大家都说,十九大提出的目标让我们更加有信心了,致富奔小康的愿望更强了。进入新时代,我们的生活会越来越好。"

黎 族

符小芳：一片叶子带动一方百姓

祝福　习近平总书记曾说过：一片叶子，成就了一个产业，富裕了一方百姓。我们正是朝着这个方向去努力的。没有国家的好政策，就没有我们茶农的好日子。希望祖国越来越强大，也祝福各族同胞的好日子更上一层楼！

国家民委

中国民族报

学习强国

扫描二维码观看本片视频

符小芳在茶园里。　　温泉摄

符小芳：一片叶子带动一方百姓

■ 肖静芳

中国是茶的国度，海南是中国茶叶最南部的产地。由于其特殊的地理位置和暖热的气候条件，每年中国的第一缕茶香都是从这里飘逸而起。

70万年前的一次天体撞击，造就了海南白沙陨石坑。距离陨石坑两三千米的地方，诞生了海南第一家有机茶园——五里路茶园。茶园的当家人是黎族农家女符小芳。

符小芳是土生土长的白沙黎族自治县人。由于家境贫寒，她只读到中专，毕业后就开始谋生。十多年前，怀揣梦想的她返回家乡创业，在白沙陨石坑附近垦荒，开辟出属于自己的茶园。陨石坑地貌使土壤富含稀有元素，为茶叶种植提供了得天独厚的条件。

"小时候，我就经常跟随母亲上山采野茶，然后以传统方式制茶。那时茶叶产量低，价格也不高。"符小芳说，她不愿沿袭传统的低效种茶模式，因此当她看见电视上报道有机茶种植的效益高时，马上动了念头。

2009年，符小芳劝说周围的茶农跟她一起种植有机茶，迎来的却是一片质疑和反对之声，"种了多少年茶了，没听说过有机茶！""不打农药，不施化肥，那茶叶还保得住吗？"

符小芳没有气馁，她查阅资料、请教专家、反复动员，最终说服五户茶农和她一起建立了五里路茶叶专业合作社，尝试种植有机茶。

"种的时候才发现困难重重，因为要撂荒三年再种植三年，等于这六年什么收入都没有，还要支付地租和人工费用。"符小芳破釜沉舟，将家里的一万多株橡胶树转让出去，把所有资金都投入到有机茶园。

在村里人的帮助下，性格坚韧的符小芳度过了撂荒期。然而，向有机茶园转型的煎熬远不止于此。首当其冲的就是对付虫害。海南高温高湿的气候，本来就容易滋生虫类，而有机茶园不施农药、化肥，虫子就更加泛滥、猖獗。

"一夜之间就可以片甲不留，老叶新叶全部吃光。"符小芳说，最初眼睁睁地看着虫子迅速蔓延，肆无忌惮地啃着叶子时，内心真的是很崩溃，不断自问："我为什么非要种这个有机茶啊？"

理智终究战胜沮丧。有机茶是生态茶，必须以符合生态规律的方式去种。符小芳从保持茶园的生物多样性出发，在茶园里种植了花梨树等植物，这些植物不仅吸引了虫类，使茶叶免遭蚕食，而且一些植物腐烂后进入泥土，还会增加有机质，更有利于茶叶的生长。

在与大自然的相处中,符小芳积累了越来越多的生态智慧。以前,茶园要通过火车运输的方式从内蒙古拉羊粪,不仅运输成本高,肥力也并不理想。后来,她引进了蚯蚓养殖循环农业项目,蚯蚓粪不仅是速效肥,而且能对土壤进行改良。

顺应自然,摸索规律,符小芳经营有机茶园越来越得心应手。2014年,五里路茶园的茶叶通过国内有机认证;2015年,成为海南第一家通过欧盟标准400项指标严格检测的茶园,并获得美国农业部USDA有机认证;2016年,在有机绿茶基础上推出有机红茶和白茶。

有机茶畅销了,周围的黎族茶农纷纷要求到茶园工作,学习有机茶种植技术。目前,五里路茶园面积已由原来的22亩发展到如今300多亩,合作社成员从最初的5户发展到200多户,带动600多人就业。2018年,合作社为贫困户发"红包"65万元。2018年9月,五里路茶叶合作社成立了党支部,这是海南第一家在专业合作社成立的党支部。

每天清晨4点,茶园内晨雾缭绕,符小芳就已赶到茶园,上午采茶、除草、浇水,下午制茶、炒茶、包装、销售,忙得不亦乐乎。鲜叶一旦离开茶树,必须争分夺秒地晾晒、赶制,否则就会影响茶的品质。茶园里顶级的毛峰都是符小芳按照传统黎族制茶工艺制作的。

坚持手工采摘、传统加工、茶不落地的原则,利用山水茶虫的平衡,符小芳带领五里路茶叶合作社用心沏出一杯好茶。而她自己也伴随着一片叶子从初生枝端到在杯底沁出怡人的芳香,在甘苦相伴中淬炼出人生的风采,当选为中国妇女第十二次全国代表大会代表,荣获全国巾帼建功标兵、海南少数民族和贫困地区人才贡献奖等荣誉称号。

门巴族

高荣：雅江上的"领头雁"

祝福　党的光辉照边疆，门巴人的日子越过越好。我们墨脱县过去不通公路，现在公路修到了村里，家乡的发展越来越快。今年是新中国成立70周年，祝愿我们的祖国国泰民安，我们的西藏边疆稳固，我们的墨脱更加美好！

国家民委

中国民族报

学习强国

扫描二维码观看本片视频

高荣为祖国发展变化点赞。　赵东摄

高荣：雅江上的"领头雁"

■ 夏 禹　　肖静芳

1993年，23岁的门巴族青年高荣从部队退伍，踌躇满志地回到家乡——西藏自治区墨脱县背崩乡地东村。四年后，他开始担任村党支部书记。二十多年过去了，地东村早已换了天地，高荣也已鬓染白霜。

墨脱县是中国最后一个通公路的县城。地东村位于雅鲁藏布江下游，是边境一线村，也是墨脱县人口最多的行政村。高荣回乡时，村里还没通水、电、路，乡亲们生产生活困难。

在部队的三年，高荣见识了外面的世界，也学到了一身本领。之所以坚定地选择回乡，是因为他有个朴素的愿望：用自己的所学改变家乡的贫困面貌，让门巴族父老乡亲都过上好日子。

理想是美好的，现实却是严峻的。刚回乡，高荣就发现了一个让人沮丧的事实：村里修了五年的林贡日水渠，竟然还没有修好。

由于整个墨脱县都还没通公路，人们与外界的交流全部靠翻山越岭、人背马驮，地东村老百姓过着靠天吃饭的日子。为了稳定农作物产量，地东村党支部从1988年起就带领村民修建林贡日水渠，希望解决饮水和灌溉的问题。然而，由于地东村位于亚欧板块与印度洋板块的交界处，地壳运动活跃，地质灾害频发，加之雨季降水集中，又缺乏挖掘机等机械设备，工程举步维艰。

为了啃下这块最硬的骨头，高荣回乡的第一件事就是全身心投入到林贡日水渠的修建中。高荣在部队时学习过小型水电站的发电原理，于是他有了一个大胆的设想：将发电功能融入水渠修建中，在引入一渠清水的同时，也把村子的夜晚点亮！

说干就干，高荣组织干部、群众，一方面加紧修渠，一方面翻越雪山，从墨脱县外驮进小型发电设备和小型机械化生产设备，利用已修好的部分水渠尝试水力发电。1998年，地东村诞生了墨脱县第一个小型水力发电设施，点亮了墨脱县边境的第一盏灯！

有了电，就能启动小型机械化生产设备，水渠的后续建设进程也得以大大加快。到2001年，林贡日水渠初具雏形。此后，高荣组织村两委班子带头修建农田灌溉支渠15公里，将支渠与林贡日水渠充分联系起来。到2016年年底，地东村80%以上的耕地都能得到水渠灌溉，村民们从此过上了靠人不靠天的生活。

然而，高荣并不满足于此，因为小型水力发电设施规模小，发电不稳定。2001年，随着林贡日水渠基本建成，高荣琢磨起如何提升水渠的发电能力，利用地东村海拔落差大的优势，建设水电站。

水电站的建设需要大型机械化设备，在公路没通的情况下，要将这些动辄几吨重的设备通过马队和背夫翻山运进地东村，看上去是不可能完成的任务。

行非常之事，必有非常之志。带领家乡脱贫致富的强烈愿望，激发了高荣的愚公移山之志。巍峨的雪山无法阻挡门巴人的脚步。高荣组织了所有能利用的人力、物力，翻越海拔4500米的多雄拉山，将挖掘机、发电机等大型设备进行拆解，分批运送，然后到点组装。高荣和村干部带队，乡亲们人背马驮，一次次翻越皑皑雪山，经过大岩洞，跨过蚂蟥区，通过最窄处只有半米的老虎嘴，走过地质灾害频发、落石频繁的塌方区……

功夫不负有心人。在高荣和乡亲们的不懈努力下，2005年地东村建成了墨脱县历史上第一个真正意义上的水电站，有了比较稳定的供电，墨脱边境线的夜晚从此灯火通明。

教育是另一件让高荣挂心的事。以前，地东村的孩子要到十千米外的乡镇上幼儿园。"很多孩子不会普通话，六七岁了还不会写1、2、3、4……"高荣很是心焦。在他的努力下，村里终于建起了幼儿园，配备了两名老师，让学前儿童不用出村就能上学了。

立足地东村亚热带气候，高荣还带领村民建设香蕉、柠檬和加巴热米种植基地以及鱼塘，多途径提升村民收入。2019年，全村603人只有4人未脱贫。

2016年12月，地东村公路建成通车。在村支部党员大会上，高荣号召大家，"我们不能停留在过去取得的'第一'上，若不思进取，必将被'超车'。"他带领村两委班子和驻村工作队认真研究，确定要把地东村建设成一个特色旅游村,为此规划了门巴民俗体验、门巴美食品味、漂流和溜索等项目,一幅崭新的边境乡村图景正在展开。

2019年,高荣被评为第九届全国"人民满意的公务员"。然而,荣誉并没有改变他的公仆本色。每天早饭后,高荣一如既往地带领驻村工作队在村里走访,检查村里的道路、电站、水渠、油库等,他还入户和群众聊天沟通,看哪家有生产生活困难。他说:"只要走在村道上,看到家家户户国旗飘扬,老百姓的房子越来越好,边境一线和谐安宁,心里就会涌上一种幸福感。"

鄂伦春族

孟亚静：多布库尔猎民村的"领路人"

> **祝福**　感谢党和国家对我们的关怀和扶持，让我们的生活发生了翻天覆地的变化。今年是新中国成立 70 周年，祝愿伟大的祖国更加繁荣富强，祝愿各族人民生活更加幸福。

国家民委

中国民族报

学习强国

扫描二维码观看本片视频

孟亚静近照。　张世辉摄

孟亚静：多布库尔猎民村的"领路人"

■ 孙文振　　张世辉

"高高的兴安岭，一片大森林，森林里住着勇敢的鄂伦春……"伴着这首优美、明快的《高高的兴安岭》，记者走进了位于大兴安岭马鞍山脚下的多布库尔猎民村。说是猎民村，可是从1996年禁猎以来，走出大山的猎民们完全过上了定居生活。平坦、宽阔的村路延伸至绿茵深处，路两侧是一排排富有鄂伦春族传统民族特色的民居。村委会前立着一块牌子，上面写着"脱贫感党恩，永远跟党走"十个大字。村党支部书记孟亚静告诉记者："村里卫生室、图书室、学校都有，跟城里没什么区别，环境又好，大家都觉得特别幸福。如果没有中国共产党，我们能有这样的生活吗？所以我们打心眼里感谢党、感谢政府。这块牌子，就是我们全体村民的心声。"

多布库尔猎民村位于内蒙古自治区呼伦贝尔市鄂伦春自治旗大杨树镇，是鄂伦春自治旗七个猎民村之一。该村不仅是农业部授予的"中国美丽休闲乡村"，也是国家民委授予的中国少数民族特色村寨，2018 年，还被首届"中国农民丰收节"组委会列入"全国 100 个特色村庄"名单。"今年 7 月，又有喜讯传来，我们村被自治区文化和旅游厅推荐为'全国乡村旅游重点村'。"孟亚静兴奋地说。

鄂伦春族是全国 22 个人口较少民族之一，1958 年实现全面定居，多布库尔猎民村最初被称为朝阳猎民队，1984 年更名为朝阳猎民村。2005 年 11 月，朝阳猎民村整体搬迁至大杨树镇，并更名为多布库尔猎民村。1996 年，鄂伦春自治旗实施禁猎，鄂伦春族开始走上发展民俗旅游、特色养殖、生态农业等现代化产业之路。

"老一辈人原来生活的地方，在一个不见天日的山沟里。我们那时什么医疗条件都没有，也没有学校，连碗、筷子都是就地取材。"回忆起过去的生活，孟亚静的眼角有些湿润。

孟亚静出生于 1975 年，三四岁的时候，父母先后去世，是姥姥将她抚育长大。"定居后，我们的生活有了很大改善。但生活条件还是非常艰苦。姥姥特别疼爱我，有好吃的总是先给我吃。姥姥最大的心愿就是希望我长大能过上好日子。"

六岁那年，为了上学方便，孟亚静被送到鄂伦春自治旗阿里河镇养老院生活，直到高中毕业。1994 年，她回到了生养她的朝阳猎民村，成为一名村干部。

"我先后担任过计生员、妇联主任、副村长。2002年加入了中国共产党,并被村民们选为村支书,一直干到现在。"孟亚静说。

"孟书记做事风风火火,很有魄力。"有村民告诉记者,孟亚静头脑活、能干事,村民们都愿意听她的。其实,在孟亚静心里一直认为"村民的事无小事"。从进入村委会的那天起,对村民们的困难和合理诉求,她总是尽力去帮助解决。尤其是整体搬迁到大杨树镇后,她带着村民学政策、谋发展,大胆尝试、勇于创新,利用猎民村的地理优势,带动村民发展起民俗旅游,走出了一条发家致富奔小康的新路子。

"我们依托鄂伦春民俗特色资源,先后建成了集农业生态园、特色养殖区和民俗特色旅游景区为一体的'三大特色产业基地'。"孟亚静介绍。经过几年的努力,多布库尔猎民村建成了以鄂伦春民族文化为核心的新型民俗村——中国·鄂伦春多布库尔猎人部落景区。"景区现在已成规模,旅游旺季时每天可接待游客一千人左右。2018年,景区接待游客二十余万人次。我们正争取将景区打造成国家4A级景区。"孟亚静说,他们希望探索出以娱乐体验、休闲田园、森林度假为一体的民俗游发展模式,带动村民们富起来。

今天的多布库尔猎民村,197名鄂伦春村民都过上了和城里人一样的生活,他们的脸上写满了幸福与满足。

"走上了旅游发展的'快车道',我们的日子真是越过越红火,姥姥的愿望也实现了。2018年,我们村集体收入达55万元。村民生产性收入从过去年人均不足1000元提高到2万多元。有些村民依靠种植、养殖、手工艺品制作等,收入就更高了。"孟亚静说,"我们非常有信心,未来会把家乡建设得更美好。"

阿昌族

李德永：刀客匠心

祝福　　党和国家很关心我们边疆各族群众。让人们的生活越来越好，这只有中国共产党才能做到。在新中国成立70周年之际，祝愿祖国越来越强大，越来越富裕，成为大家向往的国家。

国家民委

中国民族报

学习强国

扫描二维码观看本片视频

头发花白,精神矍铄的李德永。 李寅摄

李德永:刀客匠心

■ 李 寅　安宁宁

从云南省德宏傣族景颇族自治州陇川县城一路向西北方向走,穿过户撒隧道,就进入了户撒乡。

户撒乡很美丽,连绵起伏的山峦,一望无垠的田野种满了水稻;户撒乡很神秘,山脚下纯朴的阿昌族,是一群不平凡的人。户撒乡位于高黎贡山余脉,在这个 251 平方千米的山间盆地,总人口在 3 万左右的阿昌族有半数生活在这里,他们打制的刀具因为异常锋利而声名远播。

走近宁静的寨子,不时传来一阵阵打磨铁器的声音。记者要找的,是在当地有"刀王"之称的李德永。

宽敞的大院,青瓦白墙,院子中间的两棵桂花树释放着迷人的芳香,李德永坐在躺椅上,头发花白,精神矍铄,气定神闲,颇有点掌门人的气质。这位78岁高龄的老人,是户撒刀的传承人。1941年,他出生在连地寨铁匠世家,从事刀具生产已经有半个世纪之久。

说起户撒刀,李德永来了精神。李德永告诉记者,阿昌族定居户撒时,已掌握制铁技术,但户撒刀精湛的生产技术则是明朝初期沐英入云南征麓川时带来的。因为明朝军队进入西南边疆以后,在长期的征战中需要大量的兵器,主要是刀剑。由于受环境制约,与内地联系困难,所以兵器的补给主要靠当地生产,于是留守户撒的明军中的工匠便把打刀工艺传授给已有制铁技术的阿昌族,此后世代相传,不断发展,形成了独具风格的民族民间传统工艺。

户撒刀因出自户撒乡而得名。2006年,户撒刀锻制技艺经国务院批准列入第一批国家级非物质文化遗产名录,李德永等人被列入国家级非物质文化遗产传承人。

"我17岁时跟着父亲一起打刀,一直打到现在。"回忆起自己的打刀经历,李德永挪了一下身子,挺直了腰板。据李德永回忆,17岁那年,父亲第一次让他拿起了大锤打磨刀具,那段时间里,他的手掌就没能正常地舒展开。

李德永告诉记者,制刀是一个非常辛苦的过程,一般人吃不了这样的苦。年轻时他也曾经想要放弃,但是阿昌人的信念激励着他继续前行。

"户撒刀是阿昌人的灵魂。"李德永说。2003 年，李德永打制了一把"天下第一刀"。为了制作此刀，李德永花了三个月时间，投入了 580 多个工时，用毛重 2.3 吨的钢铁，制作了一把长 6.06 米、宽 80 厘米的巨型大刀。这把刀的刀身上一面刻有傣族金塔、景颇族木开脑桩、阿昌族青龙白象、德昂族龙羊塔、傈僳族弩箭五个少数民族的标志，另一面刻的是一条巨龙。2011 年 4 月，这把"天下第一刀"成功申报了世界吉尼斯纪录，成为世界最重的钢制长刀。

李德永谦虚地说："我打了几十年的刀，实际上只打了两把刀。"另一把刀就是被他誉为"镇宅之宝"的"七彩刀"。

李德永拿出这把刀介绍道："这把刀上千姿百态的图案，犹如长虹凌空、波涛奔腾，又如洪峰巨浪一泻千里。七彩刀锋利无比，既能在空中切断数条毛巾，又能斩断钢铁。"

谈到打制这两把刀的初衷，李德永说："我们既要继承阿昌族几百年来的传统工艺，又要对刀具的制作工艺不断创新。"

正是在一代又一代阿昌族人的传承和创新下，如今，户撒刀已发展出生产工具、生活用具及装饰性工艺品三大类。漂亮的户撒刀在历史沧桑的洗礼中，不仅融汇着各族人民对它的喜爱与赞美，也倾入了阿昌族人民深厚的情感。李德永告诉记者："户撒刀就像一种无声的语言，能加深各民族文化的交流，增进各民族的感情。"

古稀之年的李德永已不能打刀，他最大的欣慰是自己的儿子李成强子承父业。如今，李成强也成为了锻造户撒刀的名匠，被评为德宏傣族景颇族自治州非物质文化遗产传承人。

李德永说："户撒刀，承载着阿昌族人顽强拼搏、奋发有为的民族精神，希望它在叮叮当当的打铁声中一直延续下去。"

保安族

马雪花：教育改变命运

祝福 一个孩子关系一个家庭。把教育搞好，关系千千万万个家庭，关系国家长远发展。能为教育事业作出一点贡献，是我最大的愿望。今年是新中国成立70周年，祝福我们伟大祖国更加繁荣昌盛，祝福各民族同胞更加团结、更加幸福！

国家民委

中国民族报

学习强国

扫描二维码观看本片视频

马雪花在教学中。 马雪花供图

马雪花：教育改变命运

■ 俞 灵　郭家翔

6月2日，甘肃省临夏回族自治州积石山保安族东乡族撒拉族自治县（以下简称"积石山县"）民族中学举行了2019届高三毕业典礼。毕业生代表为老师送上鲜花，感谢老师的辛苦付出，毕业班教师代表向高三学子送上诚挚的祝福，全体师生共同观看了精彩的送别演出。

"这次毕业典礼筹备了一段时间，看到这些青春洋溢的面孔，我就想起自己小时候求学的经历。"负责此次毕业典礼策划的副校长马雪花说。

九岁那年，马雪花坐了三天三夜的绿皮火车，从外省回到积石山县读小学。她还记得，因为要降低一个年级，自己哭得很伤心。当时，有人劝她的父亲："女孩子迟早要嫁人，就不要去上学了。"马雪花父亲的态度很坚决："那不行，我们家不管男孩、女孩，都得上学。"

1999年，17岁的马雪花中专毕业。"当我把临夏师范学校的毕业证书递到父亲面前时，他问了我一句：'你以为你的学习生涯就结束了吗？'"

在积石山县吹麻滩小学，马雪花当上了一名人民教师。她既教语文，也教数学。三年后，马雪花听从父亲的建议继续深造。

由于积石山县缺少英语教师，马雪花就填报了兰州师范高等专科学校的英语教育专业。2004年学成归来，马雪花在积石山县吹麻滩中学当了一名英语教师。她继续边工作边学习，2012年获得了西北师范大学汉语言文学专业本科学历，2013年当选为第十二届全国人大代表。

"现在回想起来，真的非常感谢我的父亲，在我还是懵懵懂懂的小孩子时，就告诉我正确的人生方向。"马雪花说，她是家里5个孩子中最小的，他们兄弟姐妹五人，无论是通过脱产还是函授的方式学习都取得了本科文凭，这在当地并不多见。

2015年，积石山县成立民族中学，马雪花被抽调到民族中学任教。2017年3月，她担任积石山县民族中学副校长。"从无到有，从简到精，我是民族中学成长发展的见证者。"马雪花介绍说，民族中学有3个年级、39个班、1700名学生，采用封闭式管理、开放式办学的方式，有214名教师，所有教师都具有本科及以上学历，其中具有研究生学历的有 11 名。

炎炎盛夏，积石山县民族中学的操场上，高一的新生正在列队军训，另一边是体育特长生在进行暑期集训，牡丹、月季、桦树、刺柏、塔松遍种校园，高质量的塑胶运动场使校园焕然一新。

教学楼顶，"厚德树人、笃学善思"的校训高悬。"能吃苦、敢吃苦、会吃苦是民族中学老师们特有的品质。马雪花工作兢兢业业，把校园文化活动搞得有声有色。"积石山县民族中学党总支书记、校长陶学乾说。

"我们发挥学校特有的民族文化优势，组织开展音乐、舞蹈、美术、篮球、国学经典诵读等文体活动，广泛开展大课间活动、社会实践教育活动，寓教育于活动之中。"马雪花说，在民族中学，几乎每个月都会策划一些文化活动。

作为西部欠发达省份，甘肃省的一些民族地区已经先行先试免费高中教育，积石山县便是其中的先行者。2010 年，积石山县在国家实施九年义务教育的基础上，自筹资金，免除了所有高中学生的学杂费、书本费和住宿费，并给高中住校学生每人每天发放 5 元生活补助。

"我因为自己的经历，一直关注保安族女童的教育问题。"马雪花认为，女童获得良好教育是民族发展的需要，对改变保安族面貌十分关键，作为未来的母亲，女童的聪明才智将在社会生活中发挥不可替代的作用。

作为第十二届全国人大代表，履职期间，马雪花的建议总是涉及民生与教育。她希望坚持优先发展教育事业，加大对教育的投入。"我比较关注高中入学率和教师培训工程。希望国家能为西部地区的教师提供免费学习的平台和机会，到外面接受新的理念和新的教学思路，提高自身素质和学校整体的教学水平、管理水平。"

"我相信，好的教育能改变一个人的命运，也能改变一个民族的命运。"马雪花说，她一直记得 2013 年 3 月 17 日习近平总书记在第十二届全国人民代表大会第一次会议上的讲话："有梦想，有机会，有奋斗，一切美好的东西都能够创造出来。"

锡伯族

吴俊亮:"神箭手"的初心

祝福 党和国家对民族优秀传统文化的高度重视,让锡伯族传统射箭文化得到传承,也让锡伯族爱国戍边的光荣历史为人们铭记,这种爱国精神会一代代传承下去。今年是新中国成立70周年,愿祖国更加繁荣富强,愿各族兄弟姐妹肝胆相照,携手共进,为中华民族开创新辉煌!

国家民委　　　中国民族报　　　学习强国

扫描二维码观看本片视频

吴俊亮向游客展示射箭技巧。　吴俊亮供图

吴俊亮："神箭手"的初心

■ 张国欣

拉弓，瞄准，放箭。"嗖"的一声，箭飞出去，正中十米外的靶心，周围响起一片掌声……新疆维吾尔自治区察布查尔锡伯自治县（以下简称"察布查尔县"）锡伯民族博物院的射箭场上，吴俊亮正在给游客示范射箭技巧。

31岁的锡伯族小伙儿吴俊亮，是锡伯民族博物院射箭场的教练。"锡伯族在历史上是一个能骑善射的民族。"吴俊亮说，自己从小是听着锡伯族爱国戍边的故事长大的。

15 岁那年，一个偶然的机缘，吴俊亮进入察布查尔县射箭学校，开始学习射箭。吴俊亮身体壮实，胳膊直，臂力大，用教练的话说，是一个射箭的"好苗子"。

当时，察布查尔县已经很少有人会用传统弓箭了，吴俊亮和同学们学习的是现代反曲弓。

在射箭学校里，吴俊亮很用功，其他同学每天练 8 个小时，他能坚持训练 16 个小时。很快，吴俊亮便成为学校里射箭成绩最好的学生之一。

"当时就想像历史故事里的那些英雄一样，做一个优秀的射手。"回忆起在射箭学校的时光，吴俊亮说。

遗憾的是，还没成为"英雄"，吴俊亮便受伤了。2007 年，在备战全国比赛的过程中，吴俊亮的胳膊拉伤。经医院诊断，他不再适合做高强度的运动。

无奈之下，吴俊亮惜别射箭学校，南下深圳务工。

然而，射箭之于吴俊亮，已如穿衣吃饭，怎能就这样放弃？即使在繁忙的工业流水线上，他心里仍惦记着射箭场，惦记着陪伴自己多年的弓箭。

"其实，务工收入比我当射箭运动员的收入高多了。可我觉得，如果不让我射箭，挣再多的钱又有什么意义？"吴俊亮说。

经过一年的挣扎，吴俊亮还是回到了家乡。凭着以前在射箭学校的出色成绩，他成为一名射箭教练。

每天早上，吴俊亮都准时来到射箭场，手把手地教游客们射箭，为游客们讲述锡伯族爱国戍边的故事。生活很简单，但却充实、快乐。

在一次锡伯族西迁节纪念活动中，吴俊亮看到几位老人用锡伯族传统弓箭进行比赛。"传统弓箭没有瞄准器。对风速、风向、力道的判断全靠直觉。"吴俊亮说,"那种人箭合一的感觉,立马把我迷住了。"

就这样,吴俊亮走上了传统弓箭的练习之路。"每天下班后开始练,两个钟头能射出去一千多支箭。"吴俊亮说,弓弦把他的手指磨掉了六次皮,直到长出老茧。

吴俊亮不仅自己练习,还组织周边的小孩子们一起练。孩子们放暑假期间,他办了一个传统弓箭培训班,不仅免学费,还管吃住。那一个月几乎花去了吴俊亮半年的工资。"花钱是小事,就是觉得自己需要这样做。"吴俊亮说。

2010年,吴俊亮到青海省黄南藏族自治州尖扎县参加传统弓射箭比赛。这次参赛过程给了吴俊亮很大的触动。

"冠亚军争夺赛的时候,台下有五万名观众。"吴俊亮说,排山倒海的欢呼声让他意识到,其实民族优秀传统文化非常受欢迎。

吴俊亮练习传统弓箭的动力更大了。2011年,吴俊亮在南京参加全国传统弓箭邀请赛,包揽了所有个人项目的金牌,成为射箭圈里的一匹"黑马"。从那以后,吴俊亮到全国很多地方参加比赛,赢得了很多金牌,在射箭圈的名气也越来越大。

最让他高兴的还不是这些金牌。"国家对各民族优秀传统文化越来越重视了,传统射箭在家乡越来越受欢迎了。"吴俊亮说。如今在察布查尔县,中小学都开设了射箭课程。同时,射箭运动员们也有了更多的竞技和交流的机会。在各种政策和经费支持下,运动员们每年都能参加两三次全国性的比赛,赛前还可以衣食无忧地参加集训。

锡伯族射箭文化也在与旅游的结合中焕发生机。察布查尔县锡伯民族博物院建设了弓箭文化博览苑,通过传统和现代科技相结合的方式，展示射猎、礼仪等传统文化。

"越来越多的游客来新疆旅游,体验射箭的游客特别多。"吴俊亮说，有的游客还会花2000元钱买一把传统弓箭，这也促进了弓箭制作技艺的传承。过去，全县会做传统弓箭的只有几位老人，现在，很多年轻人开始学习弓箭制作技艺。

"当初我那么想把锡伯族传统射箭传承下去，其实就是想让更多人了解锡伯族爱国戍边的光荣历史。"吴俊亮说，"这就是我痴迷射箭的初心。"

土 族

王国龙：土族乡村更好的日子还在后头

祝福

在党的各项惠民政策支持下，我们紧紧依托民俗文化发展旅游产业，精准脱贫全面完成，社会治理和谐有序，基础设施建设提档升级，村民们住进了新房、开上了轿车，过上了好日子。今年是新中国成立70周年，我们要用最美好的生活答卷、最坚定的发展信念、最豪迈的奋斗步伐，向伟大祖国献礼。我们要自豪地告诉祖国："全面建成小康社会的大道上，有我们土族儿女在！"祝伟大祖国国运昌盛、繁荣富强！

国家民委

中国民族报

学习强国

扫描二维码观看本片视频

说起小庄村在党的关怀下发生的巨变,王国龙激动不已。 牛锐摄

王国龙:土族乡村更好的日子还在后头

■ 牛 锐 文 静

"捧起哈达,唱起歌儿,祝愿朋友吉祥,欢乐祝福长相伴……"七月的河湟谷地,正是油菜花怒放的时节,青海省海东市互助土族自治县威远镇小庄村迎来了旅游旺季。村民席玉秀唱起热情的祝酒歌,

欢迎远方的客人。

席玉秀家是一座传统的土族四合院，飞檐翘角，雕梁画栋。微风拂过，院中的菩提树落下点点黄花，美不胜收。"感谢党的好政策，我们开办农家乐、发展旅游业，幸福的日子比蜜甜。"席玉秀说。

"旅游兴村是小庄村发展的法宝。这条路凝聚着大家的智慧和汗水。"小庄村党支部书记王国龙说。今年是王国龙担任村支书的第十个年头，作为小庄村的领路人，他亲历了村子的发展变化。

说起过去的生活，54岁的王国龙眉头微蹙："小庄村耕地少，零星分布在干旱的山梁上，地里只能种些苞谷、青稞，靠天吃饭。农闲的时候，大家无事可做，就聚在墙脚晒太阳。"上小学时，王国龙穿的是父亲用车轮内胎做的鞋子，拍毕业照时，他穿的是母亲的裤子和从邻居家借来的上衣。

头脑灵活的王国龙从事过许多行业，经过努力拼搏，在村里率先过上了好日子。1986年3月，王国龙加入中国共产党，他开始谋划如何带领乡亲们一起致富。

"首先得有精神头，要心往一处想、劲往一处使。"王国龙说。为了聚拢人心、丰富人们的文化生活，王国龙组织村民成立了土族安昭舞队，表演安昭舞、轮子秋、土族民歌等，县里有活动，就去县里表演，逢年过节就在村镇表演。

舞蹈队的表演很受欢迎，名气越来越大，来小庄村看表演的人越来越多，随之而来的产生了餐饮、住宿等需求。王国龙和几位村民一合计，利用自家庭院开起了集土族特色餐饮、住宿于一体的小店。"那时候，我们还不知道'旅游'这个词，只知道这么做比种地收入好，要坚持下去。"1992年，土族民俗旅游接待点在小庄村挂牌，旅游兴村之路在小庄村徐徐铺开。

发展旅游离不开完善的基础设施。近些年，在党和政府的帮助下，小庄村实施了公厕、道路、广场、停车场建设，建成了集文化活动室、社区卫生室、便民服务中心、社区旅游服务中心等于一体的社区公共服务中心。作为国家 5A 级景区互助土族故土园的核心景区，小庄村还建设了土族民俗文化展示中心、民俗文化广场等。

"为了拆除村里破旧的猪圈、杂物房、旱厕，王国龙挨家挨户做工作，白天不行就晚上上门继续谈，他就是拿真心换真心。"小庄村驻村干部殷羡芳说。

还原土乡韵味、建设新型社区，今天的小庄村摇身一变，成为特色鲜明的现代农村社区、首批全国农业旅游示范点。走在村里，映入眼帘的是宽阔、整洁的村道，绿树红花与迎风摇曳的红灯笼相映成趣，土族风格的农家乐鳞次栉比。

焕然一新的小庄村迎来了发展的新阶段。为了搭建更好的旅游经营平台，小庄村成立了旅游协会和花袖旅游服务公司，对村里一百多家农家乐进行统一管理，同时推行"党建＋协会＋旅游产业"的发展模式，实现转型升级。

"过去我们发展的是农家乐，现在要提档升级发展民俗旅游，让游客住下来、留下来。土族文化是中华文化百花园中的瑰宝，我们要让游客深入认识土族文化、体验土族文化。"王国龙说。思路带来出路，如今小庄村全村九成以上劳动力从事和旅游接待相关的工作，2018 年全村接待游客突破 68 万人次，人均收入达 1.48 万元。

对小庄村村民来说，王国龙既是领路人，也是贴心人。每天早晚入户是王国龙的例行工作，从邻里关系到生活情况，事无巨细，他都要了解。走在村里，无论看见谁，他都要聊上几句："今天有几桌客人？""明天的演出准备得怎么样？"……

栽下梧桐树，引得凤凰来。红红火火的文旅事业不仅提升了小庄村民的幸福指数，还吸引了外出务工的村民返乡创业、外地人员前来就业。"现在小庄村的外来务工人口已经超过了本村人口，有土、藏、回、汉、撒拉等民族。不管是哪个民族，我们都是小庄村的主人，都要互帮互助。"王国龙说，"我们要像珍视自己的生命一样珍视民族团结，走共同富裕的道路。"

祝酒歌响起，小庄村又迎来新的客人。王国龙站在村委会二楼凝望着观看表演的游客，若有所思。发展不会止步，村史馆、福利院、后山花海、多媒体培训教室……一项项新规划已被列入小庄村发展手册，土族乡村更好的日子还在后头。

仫佬族

谢庆良：山歌新唱促传承

祝福

七十春夏唱小康，
金鸡开嗓引凤凰。
祝福祖国母亲好，
民更富裕国更强！

国家民委

中国民族报

学习强国

扫描二维码观看本片视频

唱山歌是谢庆良一生的事业。　吴艳摄

谢庆良：山歌新唱促传承

■ 吴　艳　　文　静

　　1997年荣获"广西小康民谣山歌王"称号后，谢庆良再去宜州中山公园对歌时，大家都叫他"谢歌王"。

　　广西壮族自治区河池市宜州区是壮族歌仙刘三姐的故乡。宜州人爱唱山歌、爱对歌，他们把对生活酸甜苦辣的体会都融入歌里。66岁的谢庆良是仫佬族，2012年成为国家级非物质文化遗产项目刘三姐歌谣传承人。他从小跟随祖父、父亲和母亲学唱山歌和编山歌，融会贯通地掌握了多种歌腔的演唱方法、即兴编歌的技巧和对唱策略。

"无论在田间地头，还是赶集聚会，我们都会唱山歌。以前唱山歌是诉说生活苦闷的方式，现在日子好过了，新生活中有更多值得唱的内容。"谢庆良说。

改革开放初期，宜山县（今河池市宜州区）文化局的一位干部率先将党的改革开放、包产到户等政策内容编成山歌，通过唱山歌来宣传政策。这种做法受到群众欢迎，很快得到推广。

凭借良好的音乐天赋，谢庆良对一些传统歌腔进行改良和创新，使之更易于传唱。他编的山歌贴近生活、幽默风趣、雅俗共赏。

"包产到户后，我们把科学种田、家禽养殖的方法编成山歌，教大家唱，被叫做时政歌。"谢庆良长期以群众喜闻乐见的山歌形式，宣传党的民族政策、改革开放的成果，深受各族群众的称赞。谢庆良还将自己所唱及编写的几千首歌谣分门别类、编印成册，形成《农村百事歌谣》《公民道德歌谣》《禁毒宣传山歌集》《农民工维权宣传山歌集》等成果。

2000年起，谢庆良到全国多地进行山歌文化交流活动，促进山歌文化的传承和发展。党的十八大以来，谢庆良经常和其他山歌手联手，结合时代特点编写山歌，走村串户，向各族群众宣传党的路线、方针、政策和法律法规。现在，谢庆良是河池市老年大学山歌班的老师。

"长夜漫漫近百年，国运鼻子受人牵，自从有了共产党，指路明灯引向前。"谢庆良唱了一段老年大学学生编的山歌，最近他正在修改学生们为庆祝新中国成立70周年新编的山歌。

作为非物质文化遗产传承人，谢庆良每年都能领到传承补助，在老年大学授课也有一定的报酬。"我是非物质文化遗产传承人，政府那么支持非物质文化遗产传承，我要做一些实事。"谢庆良说。

2019年8月，谢庆良开始到河池市文化宫教小学生唱山歌。除了教一些传统的山歌，他还编一些新词。谢庆良认为，时政歌要唱好，发挥山歌的引导作用；传统山歌也需要传承，歌词中包含着生活智慧、民族文化。

多年来，谢庆良已经记不清自己培养了多少学生，但对韦仕龙、蓝振榕两名学生印象深刻。"他们在学校里专职教授山歌，把唱山歌当成了职业。"谢庆良自豪地说。

随着信息技术的进步，善于学习的谢庆良很快掌握了新技巧。"一些老师在微信上建了山歌群，既可以对歌词，也可以用语音唱。很多人都在群里唱山歌，我也组织学生参与微信对歌，提高编歌能力。"谢庆良说。

在谢庆良家里，记者遇到了跟他学山歌的几名小学生。

黄玲玲跟随谢庆良学习山歌已经有三年了，课余时间她会跟小伙伴一起学习新的调子和编词。"我觉得山歌很优美，我们跟着歌王参加过一些表演，得到掌声会特别自豪。我们宜州区的特色就是唱山歌，我想将山歌传承下去。"黄玲玲说。

黄玲玲的母亲吴柳芳告诉记者："女儿12岁了，她自己爱唱歌，我们就鼓励她跟着谢老师学习。她已经开始自己编歌词了，押韵、对仗、赋比兴都有所涉及。"

"我曾经跟着吴柳芳的奶奶唱山歌，现在我教她的孙辈唱，这就是一种传承。"谢庆良说。

达斡尔族

孟立志：曲棍球之恋

祝福 达斡尔族是我国最早开展传统曲棍球运动的民族，历经千年而传承至今。作为国家级非物质文化遗产项目达斡尔族传统曲棍球竞技第三代传承人，我有责任将这一古老的中国少数民族传统体育运动传承、发展下去。今年是新中国成立70周年，祝愿祖国越来越繁荣昌盛，祝愿中国少数民族传统体育事业更加辉煌灿烂，希望各族同胞能共享健康美好的运动生活！

国家民委

中国民族报

学习强国

扫描二维码观看本片视频

孟立志近照。　张世辉摄

孟立志：曲棍球之恋

■ 张世辉　　孙文振

2019年8月，在第二届全国青年运动会曲棍球项目男子U15组比赛中，代表内蒙古自治区出战的莫旗职业教育中心曲棍球队以全胜的战绩夺得了金牌，为家乡再次争得了荣誉。

"看到队员们获得金牌领奖，我仿佛看到了年轻时的自己站在领奖台上。"达斡尔族曲棍球教练孟立志说。2019年6月，从事三十多年曲棍球运动的孟立志被任命为内蒙古莫旗职业教育中心副校长，主要负责青少年曲棍球项目的普及推广活动。

曲棍球是传统的达斡尔族体育项目，它的传承、发展已有上千年的历史。在达斡尔语中，曲棍球的棍被称为"贝阔"，球被称为"颇列"。

1974年，孟立志出生在内蒙古自治区莫力达瓦达斡尔族自治旗（以下简称"莫旗"）。受当地浓厚的体育文化熏陶，他从8岁起就开始学习和训练曲棍球。"我们从小就喜欢曲棍球运动。记得我还没上学的时候，就开始跟随年龄大一些的小哥哥们在胡同里玩曲棍球。那时，大家都是自己做球杆，我的第一根球杆就是父亲给我做的。"孟立志说。

14岁时，孟立志进入内蒙古自治区男子曲棍球队，开始征战国内赛场。1994年，他正式进入国家队，先后多次参加了国际大赛。2011年2月，他留队出任男子曲棍球国家队教练。从运动员成长为教练员，他经历和见证了中国曲棍球的发展，也为达斡尔族曲棍球的传承、创新和发展洒下了汗水。

"1976年至1977年间，北京体育学院和莫旗分别组建了业余男子曲棍球队。1978年，为参加第八届亚运会的比赛，国家体委组织中国男子曲棍球集训队进行了第一次集训。随后，以莫旗曲棍球队为主体，中国青年曲棍球队正式成立。"孟立志说。

基于达斡尔族对于曲棍球的热爱，莫旗被誉为"中国曲棍球之乡"，中国曲棍球运动的诸多"第一"都和这里有关：中国第一支曲棍球队、亚洲曲棍球裁判联合会的第一位女理事、中国第一个曲棍球国际A级裁判员，都出自莫旗；2008年参加北京奥运会的中国男、女曲棍球队阵容中，有7名球员来自莫旗，孟立志就是其中之一。

至今，孟立志还难以忘却自己为了参加奥运会所经历的艰难和挑战。"曲棍球比赛是高强度运动，2007年我已经33岁，体力上很难与二十多岁的年轻人抗衡。"正在内蒙古自治区曲棍球运动中心任教练的孟立志犹豫着要不要去参加奥运会选拔，而单位领导却斩钉截铁地对他说："去！能够参加奥运会，是每个运动员梦寐以求的事，你一定要搏一下！球队的事情你不用操心，只要打好比赛就行！"

就这样，经过艰苦训练和顽强拼搏，孟立志有幸成为了北京奥运会男子曲棍球队阵容中年龄最大的队员。这也是中国曲棍球队首次参加奥运会比赛。

由于在曲棍球竞技运动中的优异表现，2012年，孟立志当选为党的十八大代表。2013年，孟立志带领的团队获得全国运动会第二名；同年，他被评为"呼伦贝尔市专业技术优秀人才"；2014年，他被评为"内蒙古自治区劳动模范"。

因为爱，所以执著。作为达斡尔族优秀的曲棍球人才，孟立志实现了几代人的奥运会梦想；作为民族传统文化的传承者，曲棍球精神的内涵在他身上得到更好的诠释。他不断地鼓舞和助力更多年轻人追逐曲棍球的梦想，不断地开创内蒙古曲棍球事业新的辉煌。三十多年来，孟立志参与并带领中国曲棍球队参加了上百场比赛，多次获得全国比赛冠军。

每次听到达斡尔族歌曲《曲棍球之歌》时，孟立志心中就会充满激情和力量。他说："达斡尔族传统曲棍球竞技是我国第一批国家非物质文化遗产项目，作为第三代传承人，我有责任将这一古老的中国少数民族传统体育运动传承、发展下去。"

赫哲族

刘蕾：讲好赫哲族文化发展和传承的故事

祝福　　进入新时代，三江平原带给年轻人的不仅是老一辈的渔猎生活，还有更多元的选择和更广阔的舞台。新中国70岁生日到了。祝愿祖国更加繁荣昌盛，祝愿中华各民族文化都发扬光大、璀璨生辉！

国家民委

中国民族报

学习强国

扫描二维码观看本片视频

刘蕾在全国两会"代表通道"展示赫哲族文化。　　刘蕾供图

刘蕾：讲好赫哲族文化发展和传承的故事

■ 李冰　彭泺

"用又薄又滑的鱼皮制作成鱼皮衣，展示了赫哲族人的智慧。我们把马哈鱼皮完整地剥下来，通过独有的工艺进行熟制，熟制后的鱼皮不仅可以制成衣服，还能制成鱼皮画和钱包、挂件等工艺品，非常受游客的欢迎。"刘蕾是黑龙江省同江市同江镇中心校的一名教师，自2008年以来，她连续三届当选全国人大代表。在同江市赫哲族文化中心，刘蕾介绍起赫哲族的鱼皮工艺品，俨然是个赫哲族非物质文化

遗产专家。

耳熟能详的《乌苏里船歌》讲述的就是赫哲族的故事。赫哲族是我国人口较少民族之一，总人口只有五千多人，世代居住在黑龙江、松花江、乌苏里江流域，有着悠久的历史和灿烂的文化，赫哲族伊玛堪说唱被联合国教科文组织列入急需保护的非物质文化遗产名录。

作为赫哲族唯一的全国人大代表，刘蕾心系赫哲族文化的传承。她说："因为没有文字，赫哲族文化的传承只能靠语言。由于实际应用不广，年轻人对本民族语言的学习热情并不高。现在，只有少数老人还掌握赫哲族语言，赫哲族语言面临失传的危险。曾经有位赫哲族老人拉着我的手说：'一定要把民族文化传下去！'"这句话深深地印进刘蕾的心里，也成为她工作的动力。

2008年，刘蕾当选第十一届全国人大代表时只有23岁，是当时最年轻的全国人大代表之一。刘蕾这位"初生牛犊"不仅不怕虎，还干劲十足，她相继提出了关于赫哲族经济发展和文化传承保护等方面的多项建议，把赫哲族群众的心声带到了全国两会上。"在2016年的全国两会上，我邀请习近平总书记到我们赫哲族地区来做客。没想到三个月后，总书记真的来了。"2016年5月24日，习近平总书记来到同江市八岔赫哲族乡八岔村，亲切看望生活在这里的赫哲族群众。"当时习近平总书记参观了赫哲族民俗展，观看了赫哲族伊玛堪说唱教学。他赞扬赫哲族历史悠久、文化丰富，特别是渔猎技能高超、图案艺术精美、伊玛堪说唱很有韵味。"习近平总书记的到访振奋了大家建设美好家园的决心，年轻人对赫哲族文化传承的认识也有了改观。如今，不仅在同江市建起了同江赫哲族文化中心，八岔赫哲族乡的民族文化旅游活动也在如火如荼地开展。

2018年全国两会结束后，刘蕾一直奔波在基层，通过传承、发展赫哲族民俗文化，带动当地乡村经济发展。刘蕾和以吴桂凤为代表的一批赫哲族老艺人，还搭上了"同汀旅游活市"的"快车"，把握住同江市着力打造"赫哲文化辐射带"、八岔赫哲族渔猎文化参与体验区和街津口赫哲族民俗文化传承保护区的好机会，通过手机移动平台，建立多个微信群，用年轻人喜闻乐见的形式来传承赫哲族文化。

如今，民族文化热带动着当地旅游业的发展。这不仅让赫哲族群众增加了收入，也让他们在文化传承上有了动力。进入新时代，三江平原带给年轻人的不仅是老一辈的渔猎生活，还有更多元的选择和更广阔的舞台。尽管时代在变，但是赫哲族人将继续传唱《乌苏里船歌》，讲好文化发展和传承的故事。

塔塔尔族

照力得汗：携手走在幸福的大道上

祝福

大泉塔塔尔族乡是中国唯一的塔塔尔族乡。过去，我们的祖辈一直从事游牧生产，过着漂泊不定的生活。新中国成立后，感谢党和政府的好政策，让塔塔尔族人民和全国各族人民一道走上了幸福的康庄大道。今年是新中国成立70周年，祝愿伟大的祖国繁荣昌盛，祝愿祖国母亲生日快乐！

国家民委

中国民族报

学习强国

扫描二维码观看本片视频

照力得汗近照。　孙文振摄

照力得汗：携手走在幸福的大道上

■ 孙文振

2019年7月，新疆昌吉回族自治州对第七届道德模范20位候选人的事迹进行集中公示宣传。其中，两名团结友爱类候选人之一，便是昌吉回族自治州奇台县大泉塔塔尔族乡农经站站长、妇联副主席照力得汗。照力得汗不仅是中国妇女第十二次全国代表大会代表，还先后荣获新疆维吾尔自治区民族团结模范个人、昌吉回族自治州"巾帼民族团结"先进个人和州妇联三八红旗手等称号，她的家庭被评为"2018年新疆最美家庭"。

这个夏天，对照力得汗一家来说，女儿薛民丽的中考无疑成为全家最关注的大事。"我女儿中考成绩不错,考了680分,考上了新疆奇台县第一中学。"面对亲友和同事的问询,46岁的照力得汗非常自豪。

说起照力得汗与女儿薛民丽的缘分,还得从八年前说起。2011年,得知汉族村民薛姚富身患重病,他的妻子存在智力障碍,他们九岁的女儿薛民丽一直寄养在外公家。看到这个家庭面临的困境,照力得汗决定将薛民丽认作女儿,照顾并资助她完成学业。

就这样,薛民丽来到了这个塔塔尔族家庭,照力得汗夫妇也多了一个女儿。"在这个家里,我得到了母爱、父爱,还有哥哥、弟弟对我的陪伴和照顾。我每天都很开心。"薛民丽说。

每次看到家里的三个孩子在一起玩闹,照力得汗都会想起自己的童年:从小就没了父亲,十二岁时母亲也去世了,兄妹五人相依为命,在亲戚朋友和乡亲们的帮助下长大。"每当我看到有困难的人,就想起自己小时候,就会尽全力帮助别人。"照力得汗说。

八年来,照力得汗无微不至地照顾着薛民丽。"因为平时上学要住校,每次回到家,爸爸妈妈就会给我做手抓肉、大盘鸡。"薛民丽说,"我觉得自己特别幸运,能够来到这个家。如果没有他们,我根本享受不到这么好的教育。"

在当地,受到照力得汗照顾的还有很多人。哈萨克族农民卡克西以前家里很困难,看到其他村民搞养殖合作社挣到了钱,但自己因缺乏资金,只能干着急。

"那时候,大家都比较困难,我们家也没有多余的钱。照力得汗找我商量,说是否可以将我们的房产证拿给银行做抵押,帮卡克西贷款。"照力得汗的丈夫说。

"我当时想开合作社,但需要贷款100万元。正在发愁时,照力得汗夫妇俩来了，用他们家的房产证帮我到银行做了抵押贷款，连字据都没让我写。没有他们，就没有我今天的发展成就。"卡克西感激地说，"现在我的养殖合作社已经有了一定规模。"

照力得汗家是工薪家庭，但不论看到谁遇到困难，她总是热情地伸出援手。一次走访入户时，照力得汗了解到村民石金林、王居祥家庭生活困难，但居住地宽敞，非常适合养鸡。她就和两家老人商量，想要帮助他们养鸡，并为他们无偿提供鸡苗。每当说起这件事，四位老人都很感动，非常感谢照力得汗帮助他们走上了致富路。

照力得汗的善举感动和影响着周围的人。2014年2月，她牵头成立了大泉塔塔尔族乡"爱心妈妈"互助协会，当天报名加入协会的就有150多人。"'爱心妈妈'团队这几年在我们乡开展了多次公益活动，为广大的妇女儿童、弱势群体、贫困户提供了很多帮助，在全社会营造了浓厚的关心、关爱弱势群体的氛围。"大泉塔塔尔族乡党委书记李志民说。

2019年8月5日，在古尔邦节来临之际，"爱心妈妈"志愿服务队摸排了全乡因患病而导致贫困的家庭，为7个家有重病患者的贫困家庭送去慰问金。"感谢'爱心妈妈'们，我们会积极治疗，一定会战胜病魔。"收到慰问金的马迪娜说。

照力得汗通过"爱心妈妈"互助协会已累计资助贫困母亲和儿童六十余人，资助额达七万余元。

同时，照力得汗还带领"爱心妈妈"多次开展"民族团结一家亲"结对认亲活动。石门泉村的十位汉族妇女和大泉湖村的十位少数民族妇女主动结亲，大家经常互相走访，成了关系密切的亲戚。

"我的名字照力得汗是塔塔尔语，汉语的意思是'幸福的道路'。我希望通过我的帮助，能让更多的人走在幸福的道路上。"照力得汗说。

京 族

苏海珍：一根琴弦 一生求索

祝福

随着东兴市开发开放步伐的加快，我们京族同胞的生活日渐殷实。日子过好了，才能让琴声弹得更响、传得更远。琴弦虽一根，但能弹出各民族同胞的团结情。

文化是民族的血脉，是人民的精神家园。我们将继续走在传播京族文化的大道上，让更多人听到京岛的声音。希望各民族文化得到更好的传扬和发展，欢迎您到东兴京岛来！

国家民委

中国民族报

学习强国

扫描二维码观看本片视频

苏海珍弹奏独弦琴。 文静摄

苏海珍：一根琴弦 一生求索

■ 吴 艳 文 静

仲夏时节，滨海小城东兴市暑气蒸人。苏海珍每天早出晚归，往来于京越非物质文化遗产艺术传承中心和东兴京族博物馆，一边教授独弦琴，一边履行馆长职务。

广西壮族自治区东兴市位于我国海疆陆疆的交汇处，是我国人口较少民族京族的主要聚居地。京族群众世代靠海吃海，开海节是京族渔民分享收获喜悦的盛会。今年的开海节上，金滩分会场上演了百人独弦琴演奏。作为国家级非物质文化遗产京族独弦琴艺术传承人的苏海珍，担起了培训与演出的重任。

参加这次演出的多是小学生。循着从孩子指尖蹦出的琴音，苏海珍俯身侧耳贴在琴上，一丝不苟地给独弦琴调音。

独弦琴因只有一根琴弦而得名，是京族传统乐器。苏海珍的父亲苏维光一生致力于挖掘、整理京族传统文化，母亲阮成珍是当地颇有名气的"哈妹"（京族民间女歌手）。苏海珍与独弦琴结缘，也就顺理成章了。从八岁起，她就开始随母亲学习独弦琴和京族民歌。

1987年，苏海珍考进广西艺术学校，成为独弦琴专业当年唯一的学生，师从独弦琴演奏家王能。1994年，苏海珍背上一把琴，离家北上，到中央民族大学音乐系主修声乐专业。临近毕业，活跃在京族传统歌节哈节舞台上的母亲告诉苏海珍："不管外面的舞台有多大，你都要回来唱给父老乡亲听。"苏海珍深以为然，回乡发展。

"小时候学琴觉得苦，后来才慢慢明白父母的用心和独弦琴背后的意义。"回顾求学经历，苏海珍认为，这不仅是一条艺术之路，更是一条传承之路。

多年来，苏海珍登上的舞台不计其数，曾获得中央电视台西部民歌电视大赛弹唱组铜奖、第十四届青年歌手电视大赛团体全国优秀奖等荣誉。"每当我登上舞台，我都认为自己代表着京族。琴声虽小，但也能发挥它的影响力。"苏海珍说。

2005年，苏海珍走出国门，赴越南河内市进修独弦琴。其间，除了吃饭、睡觉外，就是练琴，高强度的学习状态令苏海珍压力很大，但她坚持了下来。"当你有深深的使命感和责任感，就不会偷懒。"

学成归来的苏海珍集众师所长，自成风格，首创边弹独弦琴边唱的表演风格，先后出版发行《海韵魅影》《海市蜃楼》两张独弦琴专辑。

唯有传承，才能让琴声不绝。早在2002年，苏海珍就培训了东兴市第一支百人独弦琴演奏队伍。近年来，从全市音乐教师独弦琴培训公益班、独弦琴社团公益课到开设校外实训基地，苏海珍在独弦琴进校园的路上不断探索前行。她培训了近六百名学员，其中不乏考入中国音乐学院、中央音乐学院等专业院校的优秀学子。

"多一个人学习独弦琴，就多一份传播传统文化的力量。"苏海珍用"传播者"定义自己。

京越非物质文化遗产传承中心初级班的吴雨潼今年八岁，学习独弦琴刚两个月。"学独弦琴完全是她自己的提议，她很坚定。"吴雨潼的母亲陈郭艳说。

工欲善其事，必先利其器。传统的独弦琴多为竹制，摇杆硬，噪音大，年幼者学起来费力。2017年，苏海珍与丈夫时健智把自家的房子作了抵押贷款，用于独弦琴升级制作的研究。

经过两年多的努力，苏海珍与时健智终于研制出材质轻便、音色清亮、功能齐全的多功能独弦琴，不仅得到业界专家与同行的认可，还填补了本地批量生产独弦琴的空白。其中，有两款琴分别被中国民族博物馆和广西民族博物馆收藏。

随着兴边富民行动的开展，京族群众念起了"边贸经"，吃起了"旅游饭"，越来越多的游客来到东兴市。苏海珍说："好日子给了我们展现京族文化的新契机。"

自2016年11月起，苏海珍担任东兴京族博物馆馆长。作为国家扶持人口较少民族发展的项目之一，东兴京族博物馆成为展现京族传统文化魅力的重要窗口。

"求学时，我一人一把琴就够了。但现在，我有更大的责任，学无止境呀！"苏海珍说。

2019年9月8日晚上，广西音乐厅座无虚席，广西优秀原创作品音乐会《风情广西》在这里隆重上演。苏海珍左手摇柱，右手抚琴，一曲《祖国与琴瑟》婉转低回，扣人心弦。这是苏海珍在越南河内市国家音乐学院进修毕业时演奏的曲子。时隔十余年，变与不变尽在袅袅琴音中。

裕固族

贺颖春：让人才之花开放在祁连山草原

祝福 　学习好国家课程、普及好国家通用语言文字是肃南裕固族自治县每一个教育工作者的职责，也是传承少数民族优秀传统文化的前提。作为民族教育发展的受益者，我愿意奉献自己的一份力量。今年是新中国成立70周年，祝人民幸福安康，祖国繁荣昌盛！

国家民委

中国民族报

学习强国

扫描二维码观看本片视频

贺颖春希望有更多人投身民族地区教育事业。　　郭家翔摄

贺颖春：让人才之花开放在祁连山草原

■ 郭家翔

仲夏时节，群山环抱中的甘肃省张掖市肃南裕固族自治县（以下简称"肃南县"）已是万里绿海，远处群峰的山顶依旧银装素裹，在蓝天白云的映衬下，犹如一幅美丽的画卷。几十年来，十多名裕固族博士从这里走出，成就了中国人口较少民族教育事业的一段佳话。

2019年8月1日，纪念裕固族现代学校教育创立80周年学术研讨会在肃南县举行。与会者一致认为，现代学校教育使裕固族有志青年实现了自己的梦想，从而推动了一个民族的发展。

"成为教师是很多人的理想，我也不例外。"肃南县第一中学副校长贺颖春说。

1993年，从合作民族师范高等专科学校（今甘肃民族师范学院）毕业后，贺颖春回到家乡，在肃南县康乐乡学校执教。处在祁连山脉腹地的肃南县，面积广大、山大沟深，很多地方交通不便。"以前肃南县有许多马背小学，因为草原上没有固定校舍，学校就随着牧民迁移，教师们骑马巡回教学。哪里有黑板，哪里就是学校。"贺颖春说。

1939年，"祁连四校"成立，开启了裕固族现代学校教育的历程。1958年，在"两条腿走路"的政策指引下，公办与民办幼儿园、托儿所、小学、职业学校像雨后春笋般涌现出来，肃南县出现了"草原处处读书忙"的景象。1997年，肃南县基本实现普及九年义务教育目标。

"裕固族有句谚语：'要想找到珊瑚和玛瑙，就得下到大海里。要想找到宝石和碧玉，就得翻过万水千山。'裕固族对教育非常重视，牧民常常往返几十甚至上百公里，接送孩子上学。"贺颖春说。

以2001年国家基础教育课程改革为契机，肃南县教育改革逐步深入。2009年，肃南县实现了从学前到高中阶段15年免费教育。2015年，肃南县高标准、高质量通过国家义务教育发展基本均衡县评估认定。如今，肃南县把目标瞄准了优质均衡发展民族地区基础教育。

在肃南县第一中学有一间房间，整面墙壁都是书橱，里面放满了各类裕固族文献。一些没来得及上架的，在书橱边摞得很高。"这里可以说是最权威的裕固学文献中心。"贺颖春介绍，五年前，在多名裕固族学者的支持下，肃南县成立了裕固族教育研究所，地址就设在肃南县第一中学。

"研究所每年8月都会举办以民族语言文化传承研究、民族地区基础教育改革研究等为主题的学术研讨会。"贺颖春说,届时很多专家、学者会来给民族语言文化教师授课。怎样切实提高民族地区的教育教学水平,怎样鼓励支持民族地区大力开展民族语言文化校本课程体系建设,逐渐成为贺颖春关注的焦点。

2019年5月23日,第九届裕固语口语暨才艺展示活动在肃南县第一中学举行,舞台剧、情景对话、歌舞小品……形式多样的节目引来阵阵掌声。"文化是一个民族的灵魂,语言是文化最重要的载体。"贺颖春介绍,活动中有80岁的老人倾情献唱,有牙牙学语的孩童参与演出,"我们就是想通过创新文化传承方式,让更多人身临其境地体验民族文化"。

作为研究所骨干,贺颖春主持完成了甘肃省"十三五"规划课题"裕固族语言文化校本课程（科学）开发研究",探索裕固语、汉语双语教育实践。同时,研究所的成果也助推民族语言文化在学校更好地传承。学生们成立了肃南县第一中学"尧熬尔"合唱团、"萨娜玛珂"语言社等文化社团。通过民族文化进课堂、校本课程开发、民族文化社团展示等方式,肃南县第一中学的校园文化更加丰富多彩。

"这些年,我明显感到国家对西部教育越来越重视,一些好政策在地方落地生根。"2013年,贺颖春当选第十二届全国政协委员,她有关教育的提案获得教育部专函回复。看到专函提到"要全力推进中央有关文件的落实、落地、落细,提升广大教师的获得感",贺颖春非常振奋。

近年来，随着特岗教师计划、免费师范生定向培养等政策落地，一批高素质、高学历的年轻教师来到肃南县任教。同时，教师培训、教师奖励和职称评聘政策的进一步优化，极大地调动了教师投身民族地区教育事业的积极性。

2018年，贺颖春当选为第十三届全国政协委员。"今年全国两会上，我在提案中呼吁加大对西部民族地区师资力量的扶持力度。"贺颖春说，希望有更好的激励政策吸引更多的优秀人才投身民族地区教育事业，让人才之花在祁连山草原遍地开放。

瑶 族

蓝干宁：走特色脱贫的"牛"路子

祝福　在党的扶贫政策支持下，我们东庙乡走出了一条特色脱贫的"牛"路子。迁新居，建牛场，越来越多的年轻人回乡创业，共同致富。东庙乡村民的日子有了奔头。今年是新中国成立70周年，我们将更加紧密地团结在以习近平同志为核心的党中央周围，决战贫困，与全国一道同步实现全面小康。

国家民委

中国民族报

学习强国

扫描二维码观看本片视频

蓝干宁（中）在查看村民养牛情况。　　都安县电视台供图

蓝干宁：走特色脱贫的"牛"路子

■ 吴 艳　文 静

广西壮族自治区都安瑶族自治县（以下简称"都安县"）东庙乡地处大石山区，是典型的贫困地区。2015年10月，蓝干宁调任东庙乡党委书记之初，全乡12个行政村中，有9个是贫困村。

告别贫困的第一步就是走出大山。东庙乡积极开展易地扶贫搬迁工作，总投资9600万元，在安置点建设了住宅楼14栋、住宅320套。为了让住在山上的贫困户搬到安置点，蓝干宁带队一次次入户做工作。每次入户，都要先坐车，再走一个小时山路。

"干部可以轮番上阵宣传引导，贫困户一个也不能丢。"虽然难，蓝干宁却下定了决心。

村民韦志叁一家五口人深居大山,因为担心搬迁后没有收入来源,韦志叁一开始坚决反对搬迁。蓝干宁多次上门耐心引导,还带韦志叁到安置点参观新居。经过一个多月的动员,韦志叁一家终于搬出大山,住进了"老乡家园"。

"老乡家园"附近建设有竹藤草芒编织、电子配件加工、旱藕粉丝加工等扶贫车间,韦志叁的妻子在家门口就实现了就业。韦志叁乔迁新居后,蓝干宁自己掏钱买了一张新床送去表示祝贺。搬进新家的第一个春节,韦志叁拎着一块腊肉上门感谢蓝干宁。一来二往,蓝干宁和村民的心更近了。

奋战在脱贫攻坚一线,蓝干宁不仅重视凝聚民心,也积极开拓创新。东庙乡实施都安县扶贫产业项目"贷牛还牛"之初,困难重重。"方向不对就要结合实际,重找路子。"结合东庙乡的实际情况,蓝干宁认为只有发掘内生动力,才能推动项目发展。

2016年,东庙乡决定在条件比较成熟的安宁村发动村民组建"联建联养互助共养"股份制合作社。为了消除群众顾虑,蓝干宁组织60户群众召开了50多次动员会,最终18户群众加入了合作社。2017年年底,合作社出售第一批肉牛后进行分红,分得最多的一户领到1.1万元。

实实在在的受益是最有力的宣传。安宁村合作社的固定社员从18户增至34户,其中贫困户就有26户。2018年,34户固定社员户均收益达1万元,参与互助共养的147户贫困户户均收益7425元,共带动合作社周边233户贫困户增收。

身边有了致富榜样,群众的干劲被激发出来了。2018年年底,全乡12个村共建成19个养牛场,肉牛存栏数量由2016年的1800多头增加到近5000头。至此,共同筹资、共同出力、共担风险、共同受益的"合作社+贫困户互助共养"模式,成为东庙乡愈加明朗的脱贫攻坚新路子。

在养牛过程中,群众遇到的问题五花八门。肉牛养殖业需要的服务是不是也能分门别类呢?带着这样的思考,蓝干宁组织合作社工作人员、养牛户进行座谈,对服务内容进行分类。不久,"牛羊6S服务中心"的招牌就挂上了街道,19名工作人员为全乡牛羊产业发展保驾护航。

"蓝书记工作思路清晰,执行力强,把群众的需求放在第一位,总是能提出解决问题的新方法。"东庙乡干部陆柳叶说。

随着养牛规模的扩大,饲草成了稀缺品。牛场无草过冬,不得不从外县高价调运草料。"合作社要长足发展,这个难题必须攻克。"蓝干宁坚定地说。

利用80万元粤桂帮扶资金,蓝干宁牵头建成了青贮料加工厂,四百多亩粮改饲基地成为牛场饲草的重要来源。同时,蓝干宁提出让牧草像货币一样流通的想法,组织韦瑞伟等三名返乡青年建立牧草银行,服务全乡养牛业饲草需求。

与群众肩并肩,才能与群众心连心。2019年5月28日,东庙乡发生汛情。次日一大早,蓝干宁就前往灾情最严重的弄坤村现场指导防汛工作。"在暴雨险情面前,蓝书记冲在最前线,和村民一起并肩作战,抢收牧草。"东庙乡党委组织委员苏云巧对当时的情景记忆犹新。

在蓝干宁的带领下,安宁村首创的联建联养互助共养模式已成为都安县"贷牛还牛"项目样板,吸引人们前来参观学习。2018年,东庙乡276户1141人实现脱贫,全乡贫困发生率由2015年底的26.3%降至12.5%。2019年,蓝干宁被授予全国"人民满意的公务员"荣誉称号。

道阻且长,行则将至。为了实现乡村振兴,蓝干宁已做好了人畜分离的项目规划。"先做试点再推广,好日子一步步走。"蓝干宁脸上泛起笑容,目光如炬。

纳西族

和云:"药材之乡"大放异彩

> **祝福** 国家政策好了,农民才有好日子。现在我们村靠发展中药材,成了"药材之乡",乡亲们都脱贫致富了。祝祖国繁荣昌盛,愿父老乡亲和各族同胞的日子越来越好,欣欣向荣。

国家民委

中国民族报

学习强国

扫描二维码观看本片视频

和云对家乡的发展充满信心。　　闵志龙摄

和云："药材之乡"大放异彩

■ 丛　蓉

在云南省丽江市玉龙纳西族自治县鲁甸乡鲁甸村委会的重楼种植基地里，一个皮肤黝黑、身着迷彩服的纳西族汉子，正忙着整理遮阳网，他是丽江云鑫绿色生物开发有限公司董事长和云，被人们誉为"大山深处的重楼王"。

和云的家乡鲁甸乡位于老君山腹地，这里森林覆盖率达80%，被称为"木材金三角"。过去，老百姓靠山吃山，以砍伐木材为生。

1998年天然林禁伐以后，村民失去了经济来源，一些曾与和云做木材生意的老板纷纷进城发展。他们劝和云："鲁甸乡离开木材就没有发展，还是尽快到城里寻找新门路吧。"

但当和云看到为寻找出路百般焦急的乡亲，看到因家庭生活困难而辍学的孩子时，他决定留下来，在大山中闯出一片新天地。

山嵛菜，又称芥末，是很多人喜欢的香辛料。山嵛菜对生长环境要求很高，当得知云南省农业科学院高山植物研究所在鲁甸乡试种山嵛菜的消息以后，和云敏锐地意识到，山嵛菜种植将是鲁甸乡未来发展的方向之一。

1998年年底，和云带领24名青年，来到海拔2800米的大山深处，建立了山嵛菜种植基地，开始了艰辛的创业。第二年，种下的山嵛菜叶茂根粗，长势喜人。

天有不测风云，一场大雪突降，把山嵛菜遮阳棚全部压倒。和云和伙伴们用了整整一个星期，才把大棚上的积雪清除干净。2000年夏天，一场冰雹又将山嵛菜打坏，两次灾害使和云损失了近五十万元。"我甚至怀疑当初自己的选择。"回想起当时的情景，和云说。

经得住暴风雨才是雄鹰。面对一次又一次的灾难，和云没有退缩，他认真总结经验，及时做好防灾害措施，到2003年，他的山嵛菜种植基地由50亩发展到近1000亩。

然而，市场风云变幻。当山嵛菜种植初具规模时，却遭遇了市场的不景气。经过反复调查市场，头脑灵活的和云确定了新的发展目标。

重楼是重要而珍贵的中药材，是云南白药的主要成分之一。为了成功种植滇重楼，和云一方面向云南省农业科学院丽江高山植物研究所的专家学习、咨询，另一方面一头钻进深山密林，对滇重楼的生长环境、习性进行认真的考察、分析，资料记了一本又一本。2004年，和云种植了50亩滇重楼。由于准确掌握了重楼喜欢凉爽、阴湿和土肥疏松等特点，又切实加强了田间管理，重楼的长势十分喜人。

重楼种植成功后，和云决心进一步扩大种植规模，可是却遇到土地不足的难题。和云想，如果把村民的土地租过来建立重楼基地，再让村民到基地上班，岂不是一举两得？

这一想法得到村民的支持，于是土地流转、劳务挂钩、包干分红的产业发展模式应运而生，这成为偏远山区的一件新鲜事。农户出租土地每亩每年可得300元，在基地做工每人每天有50元的收入，一年下来可有万余元的收入。

如今，和云的滇重楼基地已经发展到近八百亩，四川、广东、上海等地的制药企业纷纷前来订购重楼。常年在基地务工的农民每天有五十多人，高峰时达上百人。

"我家出租了土地14亩，同时有3人在基地上班，每年的收入有3万余元。"说起自家的收入，村民和加强非常高兴。

2004年，和云当选为鲁甸村党支部书记兼村委会主任。上任后，和云主动和扶贫挂钩部门联系争取资金，带领村民投工投劳、修桥铺路。在明确鲁甸村走发展药材产业的路子以后，和云和村干部一起走村入户发动群众都来种植药材。

在和云的带领下，鲁甸村家家户户都种起了药材，成为远近闻名的"药材之乡"。春播的时候,和云与村干部来到田间地头和村民们一起把药苗种好,之后还时不时指导村民如何种植管理。药材收获后,和云把药材信息发布到网上,并联系全国各地药商到鲁甸乡收购药材,帮助村民把药材卖出好价钱。村民们拿着手里的钱,喜悦地说:"多亏了和云带领我们种植中药材,我们才能够脱贫致富奔小康啊。"

和云经常说:"给山区老百姓闯一条致富路,让大家尽快走出贫困,是我该做的事,也是应尽的责任。"

普米族

熊求弟：搬出大山天地宽

祝福　我今年 86 岁，一家十余口人四世同堂，幸福地生活在党和政府为我们盖的新楼房内。我们家办起了农家乐，日子越过越红火。真心感谢党和国家的好政策，让我们普米族人和全国各族人民一道过上了好日子。今年是新中国成立 70 周年，祝愿祖国更加繁荣富强！

国家民委

中国民族报

学习强国

扫描二维码观看本片视频

熊求弟很满意搬迁后的新生活。　　兰坪县融媒体中心供图

熊求弟：搬出大山天地宽

■ 文　静

　　干净、整洁的村道，错落有致的太阳能路灯，普米族风格的墙体画将村落装饰一新，86岁的普米族老人熊求弟一家，易地扶贫搬迁后住上了宽敞、明亮的新房子。

　　"现在日子好过了，公路都修到了家门口，和以前比起来真是天差地别。"抱着曾孙的熊求弟喜滋滋地说。

　　云南省怒江傈僳族自治州兰坪白族普米族自治县（以下简称"兰坪县"）地处"三江并流"世界自然遗产腹地，被誉为"三江之门"。世代居住于此的普米族群众，过去主要居住在偏僻的高寒山区，交通不便，发展滞后。

祖祖辈辈生活在兰坪的熊求弟，一直难忘过去的贫困生活。"过去，我们住在深山沟里，吃水要去山上挑，一天来回要跑两三趟，住的房子是木楞房，穿的是草鞋。"熊求弟回忆说，以前，村民们的居住环境很差，人畜混居，生活十分艰难。

如今，这些都已成为回忆。近年来，在国家扶持人口较少民族政策和云南省整族帮扶脱贫攻坚行动的支持下，兰坪县集中力量抓落实，实施了一批人口较少民族行政村整村推进、示范乡（镇）、示范村、特色村寨、民族文化传承保护、产业发展等项目建设。特别是长江三峡集团与云南省政府签订了支持云南人口较少民族精准脱贫攻坚合作协议后，2016年至2019年投入帮扶资金3亿多元，使包括普米族在内的人口较少民族生产生活发生了较大改观。

"挪穷窝"是很多兰坪人开启新生活的第一步。兰坪县把易地扶贫搬迁与推进新型城镇化、乡村振兴等结合起来，同步推进后续产业配套、就业安置、基础设施等工作，下大力气解决脱贫和发展的问题，确保群众搬得出、稳得住、能脱贫。

正是在易地扶贫搬迁政策的支持下，熊求弟才有机会与儿孙们一同住进新楼房，一家人四世同堂和睦地生活在一起。经历过苦日子的她如今儿孙绕膝，精神矍铄。会弹普米口弦的她，偶尔有兴致时，还会在儿孙面前露一手。

同时，由于产业帮扶的实施，普米族聚居村建设了中药材金银花种植基地，投放了云岭山羊，贫困户与生猪养殖企业达成八年的长期"托管代养"合作项目，拓宽了贫困群众的增收渠道。普米族过去饮水难、出行难、就医难、无集体经济、无稳定增收的日子一去不复返了。

一条条新建的水泥路连接着高山河谷里的村寨，一排排新楼房在易地扶贫搬迁安置点拔地而起，一间间扶贫车间里机声轰鸣，改扩建的学校里设施齐备、书声琅琅……这一幅幅浓墨重彩的画卷，记录着兰坪县群众日新月异的好日子。

如今，熊求弟一家办起了普米族农家乐，日子越过越红火。

东乡族

马天龙：脱贫路上，不落一人

祝福

从20年前当上村会计，到7年前开始担任村党支部书记，我是西坪村改革发展历程的见证者。我的职责就是带领西坪村百姓脱贫致富，这是西坪村的头等大事。今年是新中国成立70周年，祝愿祖国繁荣富强，各族人民团结一心。愿乡村振兴，我们农村更美、农民更富！

国家民委

中国民族报

学习强国

扫描二维码观看本片视频

马天龙最挂心的事,就是乡亲们的脱贫致富。 郭家翔摄

马天龙:脱贫路上,不落一人

■ 俞 灵　　郭家翔

　　2019年8月7日上午,甘肃省临夏回族自治州广河县庄窠集镇西坪村的扶贫车间陆陆续续来了许多女工。西坪村党支部书记马天龙走在一排排缝纫机前,不时拿起成品检查。看着上面细密的针脚,他露出满意的笑容:"这批广河中学600套校服的订单,一定要在开学前高质量完成。"

　　广河县位于甘肃省西南部,这里山大沟深,自然条件差,百姓曾经生活困难。

　　"我最挂心的事,就是乡亲们的脱贫致富。"马天龙说,"过去西坪村主要种土豆，乡亲们一年到头没多少收入，日子过得很苦。我就想，得把大家组织起来，抱团发展。"

当地群众有从事养殖的传统，马天龙组织村干部和部分农户到外地学习养殖技术，注册成立农民养殖合作社，助推牛羊产业发展，增加群众收入。随着2017年粮改饲（调整种植结构，发展适应草食畜牧业需求的作物）的大面积推广，养殖户们有了丰富的优质饲草，为发展畜牧业奠定了基础。

在贫困户马么力的家里，牛羊分别圈养在标准化的养殖暖棚中。这些暖棚是政府对有养殖意愿的贫困户，按照每平方米200元、户均不超过6000元的标准修建的。"每家每户平均至少养殖两三头牛。"马天龙说，村里采取统一品种、统一采购、统一防疫、统一服务的方式逐步扩大养殖规模。

从旱作农业到粮改饲再到规模化牛羊产业，西坪村形成了一条完整的产业链。

针对村里留守妇女多的情况，马天龙多方协调，组建了服装生产扶贫车间，让村民们在家门口就业。扶贫车间现有五十多名女工，其中有建档立卡贫困户18名。贫困群众在搞好种植、养殖的同时，利用闲暇时间到扶贫车间从事服装加工，每月有两千元左右的收入。"好的话一年有三万多元。从去年开始，我就在这个扶贫车间打工，现在脱贫了。"西坪村农民马如米尝到了扶贫车间的甜头。

"我们招聘工人以建档立卡贫困户和妇女优先为原则，先培训后上岗。将来还要继续扩建扶贫车间、丰富产品品种，拓宽致富门路。"

马天龙很看好扶贫车间的发展前景。

西坪村还请来专家开展种植、养殖、拉面、装载机、挖掘机、缝纫机、泥瓦工等专业技能培训，使大部分贫困群众掌握了一技之长。同时，帮助有意向的群众投身餐饮、运输、加工、服务等行业，不断拓宽就业渠道。2018年，西坪村农民人均纯收入达到4850元。

盛夏的西坪村，山川青翠、乡野烂漫，崭新的村落、干净的道路、宽敞的文化广场掩映在绿树红花之中，处处生机勃勃。

村容村貌不仅代表着村庄的形象，也是村民精气神的体现，体现了脱贫攻坚工作的成就。多年来，马天龙积极筹措资金、争取项目，带领群众整修渠道2.5千米，兴修梯田1000多亩，荒山造林、种草1000多亩，退耕还林1800多亩；改建了学校、村卫生室、村委会，帮助40多户困难家庭改造住房；全面完成了电网改造，自来水入户率达到100%，村社道路硬化率达95%以上。群众行路难、吃水难、上学难、看病难、住房难的问题得到进一步缓解。

"以前村里都是土路，下雨天很难走。现在道路全部硬化了，文化广场也建起来了，变得像城里一样。"马天龙讲起这些变化无比自豪。

2015年，马天龙荣获"全国劳动模范"称号，2018年当选第十三届全国人大代表。

"现在距离2020年完成脱贫攻坚目标任务只有两年时间，正是最吃劲的时候，必须坚持不懈做好工作，不获全胜、决不收兵。"今年3月7日，习近平总书记在参加十三届全国人大二次会议甘肃代表团审议时的重要讲话，让马天龙深感责任重大。"西坪村现有贫困户23户

104 人，今年将实现全村整体脱贫。让困难群众脱贫，过上好日子，就是我们奋斗的目标！"马天龙说。

西坪村文化广场周围的墙壁上，描绘着民谣《十谢共产党》巨幅壁画："一谢共产党，吃饭把你想，以前忍饥又挨饿，现在脱贫奔小康；二谢共产党，穿衣把你想，以前穿的旧衣裳，现在毛料新衣裳；三谢共产党，上学把你想，以前娃娃没学上，现在家家读书郎……"西坪村群众从吃饭、穿衣、上学、看病、住房、吃水、走路、照明、致富、养老十个方面的巨大变化中，道出真诚的感谢。

脱贫路上，不落一人。马天龙团结带领西坪村人团结拼搏，用辛勤的汗水浇灌着这方热土。

高山族

林华：情牵两岸，心手相连

祝福 作为中华儿女，我深感骄傲和自豪。今年是新中国成立70周年，我深深地祝愿伟大祖国永远繁荣昌盛、国泰民安，为人类历史发展作出更大的贡献！

国家民委

中国民族报

学习强国

扫描二维码观看本片视频

林华在中央民族大学门口留影。　　李翠摄

林华：情牵两岸，心手相连

■ 李　翠　　　周振琪

闲暇时，林华会漫步20分钟，到离家不远的中央民族大学校园转转。

"我爱听清晨孩子们的琅琅读书声，爱看图书馆里求知若渴的目光，更爱看节日里各族同胞身着鲜艳的民族服装载歌载舞、欢聚一堂的动人场景。"林华及其父母都曾是中央民族大学的教职工,她对这里怀有深厚的感情。

在林华的家里,曾有一张珍藏了数十年的报纸——1974年10月1日的《人民日报》。翻开报纸,第6版醒目的位置上,是一张全国56个民族代表的大合影。照片上,56个民族代表身着民族服装,手挽手、肩并肩,昂首阔步走在天安门广场上。照片下方写着:"阳光灿烂照大地,祖国建设一日千里。"

"照片中的高山族代表,是我父亲。"提到父亲,林华无比自豪。20世纪40年代,林华的父亲从台湾来到内地;1947年参加中国人民解放军第二野战军,1949年调往上海"台湾干部训练团"学习,1952年被选拔进入中央民族学院预科学习;毕业后留校,长期从事高山族阿美语的教学和研究工作,为建立高山语教研室(今南岛语教研室)奠定了坚实基础。

"我们一家人能与中央民族大学结缘,得益于党中央对台胞的关心。"从中央民族大学汉语言文学系毕业后,林华留校从事教学管理工作,直到几年前退休。

2005年,林华进入台湾民主自治同盟北京市海淀区工委,并成为第八届海淀区政协委员,2006年成为第九届台盟北京市委委员。"对我来说,这是荣誉,也是动力。"林华说,"如果没有国家对我的培养,一切荣誉都无从谈起。"之后,她积极撰写理论文章、参加各类活动、建言献策。

"月亮已爬上槟榔树顶,爸爸的渔船还漂泊在大海上……"20世纪70年代在祖国内地广为传唱的这首《渔歌》,是根据高山族民谣改编创作而成的。"我父亲当时也参与了词曲创作。我就是听着、唱着这首歌长大的。"林华说，"父亲在世时日夜盼望祖国和平统一、亲人团聚。遗憾的是，他没有等到这一天。"

1987年，台湾宣布解除戒严，开放内地探亲。2007年1月30日至2月8日，林华随北京市少数民族文教参访团赴台湾交流，替父亲实现了回乡探亲的夙愿。踏上家乡的土地，见到许多素未谋面的亲人，跨越半个世纪的团聚令她百感交集，"这是海峡两岸不能阻隔的亲情啊，是血浓于水的心灵交融"。

回内地后，心潮澎湃的林华写下散文《难忘的寻根之旅》《南飞的候鸟》《我的亲人》等作品。其中，《我的亲人》被收入《新中国成立60周年中国少数民族作家作品选(散文卷)》。

林华的创作引起了文坛的注意，她由此得到中国作家协会、民族文学杂志社的培养。《民族文学》主编石一宁评价其散文"文采华丽，情感浓烈，读来颇令人动容"，其诗歌"主题宏伟，大气豪迈，有英爽之风"。

2009年，林华参加了《民族文学》创刊30周年全国少数民族作家创作培训班，其散文《山海的呼唤》荣获优秀奖。同年，为庆祝新中国成立60周年，中国作协举办全国少数民族作家班，林华被选送到鲁迅文学院学习。

2012年，国家民委文化宣传司和辽宁民族出版社共同策划出版《走近中国少数民族丛书》，向读者展示我国55个少数民族的发展变迁。林华应邀撰写了其中的"台湾少数民族"部分。"他们(指高山族——编者注)在建设台湾的进程中作出了卓越贡献，创造了独具特色的民族文化，成为多姿多彩的中华文化的一部分。"林华说。

从2012年起，北京市台联连续八年举办"民族风·两岸情"活动，林华都会积极参加。2019年6月,她还参加了"心手相连·缘聚丰收节"京台两地台湾少数民族同胞联谊活动。活动中,林华身着鲜艳的高山族服装,与台湾同胞手挽着手,笑靥如花。

"这套服装是表姐替我定做、从台湾千里迢迢邮寄过来的。"林华说,她将这套五彩霞披、彩条绸裙、镶羽头冠的民族服装视若珍宝,只有参加重要活动时才穿。"作为人口较少民族的成员,父亲与我两代人参与、见证了新中国成立70年的发展历程。就像大海里的一滴水,汇进了伟大时代的洪流,我们倍感荣幸。"

基诺族

资艳萍：基诺族走在健康幸福的大道上

祝福　基诺族从原始社会直接进入社会主义社会，实现了跨越千年的发展。进入新时代，基诺族要实现与全国同步全面建成小康社会这一新的跨越，既要靠党的好政策，更需要大家携起手来加油干。今年是新中国成立70周年，我在基诺山祝福祖国。祝国家的医疗卫生事业越来越发达，人人享有健康美好的生活。

国家民委

中国民族报

学习强国

扫描二维码观看本片视频

资艳萍（右）为村民看病。　资艳萍供图

资艳萍：基诺族走在健康幸福的大道上

■ 郭家翔

在云南省西双版纳傣族自治州景洪市基诺山基诺族乡（以下简称"基诺山乡"），一幢白色的三层楼房格外引人注目，这就是基诺山乡卫生院。在卫生院里，基诺族女医生资艳萍正在给乡亲看病，夏日的西双版纳闷热、潮湿，接诊不一会儿，资艳萍的额头上就沁出了汗水，但她仍马不停蹄地工作着。

1996年从西双版纳傣族自治州卫生学校毕业后，资艳萍就在基诺山乡从事医疗卫生工作。23年来，她走遍了基诺山乡的村村寨寨，参与并见证了基诺山乡医疗卫生事业的发展。

改革开放初期，基诺族人还住在茅草房里，种的粮食不够吃，要打猎和采野菜。"我们基诺山，过去缺医少药。乡亲们生了病，常用土办法治病，或是硬扛着。"谈起过去基诺山的医疗卫生状况，资艳萍记忆犹新，"1957年乡里有了卫生院。直到我工作的时候，医疗条件也还比较艰苦。"

当年的基诺山由于气候潮湿、蚊虫肆虐，是疟疾高发地区。"疟疾爆发的时候，寨子里大多数人都染病，乡亲们也不知道是怎么回事，只能采一点草药缓解病痛，延误了病情。"资艳萍说。资艳萍和同事们背着药箱上山，一个村一个村地走，为村民们治疟疾，发放药物、蚊帐，教村民们怎样防蚊、防疟。

除了卫生防疫，资艳萍还长期在计生战线工作。那时候，孕妇生孩子只能在家中因陋就简，没有产检，没有产房，产妇手里拽一根绳，嘴里咬一块布，忍受着极大的痛苦把孩子生下来。"我外婆生了七个孩子，只活下来三个。"资艳萍说。

1999年11月，基诺山乡迎来了新的时代，基诺山乡被国务院列为全国22个人口较少民族扶贫综合开发试点乡；2000年，云南省政府现场办公会确定整体扶持基诺山乡，列入基诺山、布朗山扶贫综合开发项目；2005年，国家民委等五部委再次将基诺族列入扶持规划；2015年实施精准扶贫、精准脱贫之后，更加清晰的工作路径、更为有力的帮扶举措，让基诺山乡的发展步伐明显加快。

"现在很多村民都住进了新房子,医疗、教育、卫生条件也得到了极大的改善。"资艳萍说,"交通条件也好了,以前从景洪市到基诺山乡要几个小时的车程,现在开车只要二十多分钟。"

"两山(基诺山、布朗山)扶贫开始,每个村都建起了卫生室。"资艳萍说,"过去的赤脚医生参加培训后,成了村医,村民们患上感冒、发烧等小病,不会再被耽搁。"在巴亚村的村医诊室,常用药物一应俱全,卫生健康常识宣传材料丰富。

资艳萍介绍,村民们在景洪市里的医院或乡卫生院看过病之后,可以在村医诊室跟踪病情、遵医嘱输液,不用再来回折腾了。村医还担负着跟踪、观察、回访慢性病、重病患者的任务,村民们的身体健康进一步得到保障。

"这些年,我们这里的医疗条件更好了。"谈起这几年基诺山乡医疗条件的变化,资艳萍如数家珍,"现在,我们全面普及了住院分娩,村民们从结婚到生育,至少有五次免费体检的机会。乡亲们参加'新农合',在乡里住院看病的费用能报销90%。"

更让资艳萍高兴的是,基诺山乡卫生院还加入了医共体建设,成为景洪市人民医院基诺山分院。不仅市里的医生到基诺山乡任职,还能开展远程会诊,病人转院有了绿色通道。

长期辛勤工作在民族地区医疗卫生一线的资艳萍,当选为第十二届全国人大代表和第十三届全国政协委员。她十分珍惜走进人民大会堂的机会,积极地为医疗卫生事业和民族地区发展建言献策。

"现在村级的卫生室建设标准仍然比较低,而且专业人才紧缺。"为此,资艳萍建议,进一步完善基层医务人员的薪酬分配制度,全面提高全科医生岗位的吸引力,保障和提高基层医生尤其是村医的待遇,确保分级诊疗顺利实施。

"我们乡村医生也要有养老金了!"资艳萍高兴地说,国家对基层医疗卫生事业越来越重视,相信会有越来越多的人像她一样愿意扎根乡村,服务基层。

记者手记

用心记录，让文字更有力量

俞 灵

我在传统纸媒从业28年。一路走来，没有赫赫战功和骄人业绩，有的只是匆匆流逝的光阴和一个普通新闻工作者的坚守。

做记者，荣光与辛劳同在。这是个充满挑战的职业，选择了它，就意味着选择了钻研、学习的生活状态，选择了压力和付出。从翻山越岭到深入访谈，从撰写稿件到编校流程，报纸出版从来不是一件简单的事情。一句话、一张图片、一个版面、一个选题策划，都需要反复琢磨和推敲。尤其是民族宗教新闻这一特殊领域，特别需要记者有政治意识、大局意识、核心意识、看齐意识，有维护团结、推动进步的社会担当。

做记者，走过的路曲折起伏，坎坷不平。记者是人生百态的观察者、新闻时事的报道者、社会发展的记录者。采访报道的工作中，有成功、有遗憾，有欣喜、也有无奈，而我们面对困境时的态度不仅关乎自身生存发展，还关乎事业成败。唯有自我激励、自我突破，方能用所见、所闻、所思、所感勾勒现实、传递温暖，力求为社会、为后人留下真实的记录。

"数风流人物，还看今朝。"广泛而深刻的变革正席卷中华大地，身处伟大的时代，记者要坦然应对，坚守职业操守和道德底线，不断锤炼自己的脚力、眼力、脑力、笔力，体察社会民情，倾听基层呼声，让读者有所触动，让笔下的文字更有力量。

中国民族报记者王珍（右）、马永采访布依族人物孟平红（中）。

贵州之行的三个"惊奇"

■ 王 珍

当记者多年，一直没有机会去贵州省采访。这次采访拍摄布依族、侗族、水族和毛南族的故事，不免对云贵高原的"山路十八弯"心生畏惧，也做好了"颠出五脏六腑"的心理准备。

出发之前，我询问采访对象之一、侗族绣娘陆婷："从贵阳市去黎平县，该怎么走？"

陆婷用脆生生的声音说："你从贵阳北坐高铁，一个半小时到从江县，出站就有到黎平县的大巴，40分钟就到。"

果然，我们从贵阳市出发，不到3个小时就转战到了黎平县，速度之快，令人难以置信。

"地无三尺平"的贵州，如今却在中西部地区率先实现县县通高速，交通事业发展之快令人称奇。

第二个惊奇，是贵州脱贫攻坚的力度之大、投入之多。

过去讲贵州"人无三分银"，一直以来，贵州省贫困面大、贫困人口多、贫困程度深，是脱贫攻坚的重点区域。

我们冒雨来到三都水族自治县九阡镇石板村时，村委会办公楼前的五星红旗在风中飒飒作响，办公楼里人头攒动。厨师在一间临时搭建的厨房里忙碌，他要做三十多个人的晚饭。

为决胜脱贫攻坚，贵州从省、州、县、乡四级政府部门抽调干部下沉到村。干部们吃住都在村里，与村民们同甘共苦，为贫困村脱贫摘帽"把脉问诊"，为建档立卡贫困户增收致富出谋划策。在干部和群众的共同努力下，美好生活的蓝图正在一步步变成现实。

第三个惊奇，是贵州人"我命由我不由天"的拼搏精神。

为了传承国家级非物质文化遗产项目侗族刺绣，陆婷在26岁时拿起绣花针，在村寨里拜师学艺，她不仅自己致了富，还带动村里其他姐妹一起富裕，因此获得了"五四青年奖章"。

石板村党支部书记潘永贤为了家乡的发展，放弃了在江苏常州的高薪工作，与妻儿两地分隔，每天奔波在石板村的沟沟坎坎上。

正是贵州各族干部、群众的"不等、不靠、不要"，创造了贵州经济增速连续多年位列全国三甲的发展奇迹，创造了经济发展的"贵州速度"。

贵州各族干部、群众努力耕耘的成果，我们将它们定格在取景框里。无论走到哪里，我们见到的都是绿水青山的秀丽画卷，都是幸福的笑脸，听到的都是对党和国家的感恩，对美好生活的满足和对伟大祖国的真挚祝福。

作为记者，我有幸见证和记录这个伟大的时代，为历史撰写"初稿"，深感荣幸。

中国民族报记者牛锐(左一)在青海省玉树市采访。

躬逢其盛　与有荣焉

■　牛　锐

在今年报社组织的"70年·成长在祖国的怀抱中"大型主题采访活动中,我前往青海省,既深入撒拉人家、土族故园,也走进了雪域高原的藏族传统村落。

边疆很远。我们乘车去循化撒拉族自治县积石镇西沟村时，走过高速公路、国道、省道，在狭长的山谷中转了九曲十八弯，又把乡村水泥硬化路、砂石路都走了个遍，才到达要采访的人家；在玉树藏族自治州，我们翻越一座座青山，从河谷到云端，又从云端到河谷，海拔测量仪的数据在3500米到4500米之间变换几遭，才见到"传说"中的藏式古碉。

边疆又很近。在采访对象、撒拉族"拉面匠"韩维林的家里，他的妻子亲手制作了家常美食，我们像一家人那样热热闹闹地吃了顿午饭，他们的女儿阿米娜清澈的眼神和认真读书的模样仿佛还在眼前；在互助土族自治县威远镇小庄村，土族绣娘席玉秀一家三代人围坐在四合院里用土族语唱起《我和我的祖国》，阳光从飞檐翘角的民居缝隙间洒落，微风从百年菩提树的枝条间拂过，那动听的歌声一直流淌到心里；在三江源头，玉树藏族自治州藏族古建筑业协会会长尼玛请来75岁的老工匠严培，带我们沿着通天河去看协会保护下来的传统村落，石砌的、土夯的、土石混搭的，严培老人用布满皱纹的双手抚摸老建筑的场景让人禁不住眼含热泪……这些细腻而美好的感情，拉近了心的距离。

边疆的故事让人深受洗礼。30年前，韩维林在乡亲们的帮助下外出开拉面店，拉面经济在"拉面匠"的努力下渐具雏形、发展壮大，如今，循化人在全国开了七千五百多家拉面店，从业人员近四万，乡亲们的钱袋子鼓了、眼界开阔了、观念更进步了。同样是在30年前，在党的各项惠民政策支持下，王国龙带领小庄村村民依托土族民俗文化走上了旅游兴村的道路，如今，村民们住进了新房、开上了轿车，过上了好日子，小庄村人自豪地喊出："全面建成小康社会的大道上，有我们土族儿女在！"而在三江源，尼玛在玉树震后重建家园的过程中凭借满腔热情，拿出经商积累的大量积蓄，边学习边研究，用近十年时间探索出一条独具特色的三江源地区传统村落保护之路。他说，想让文物活起来，让文化火起来，让传统村落走向振兴。

伟大出自平凡，平凡造就伟大。这些来自不同民族的优秀人物，在平凡的岗位上，书写了人生的华章，他们就像民族团结乐章中跳动的音符，散发着打动人心的力量。

从业14年来，我总是庆幸自己选择了民族新闻事业。因为这份事业，我有机会走进边疆牧场、山间村寨，把采访的足迹留在祖国的大好山河，去倾听各族群众的故事和心声。我因他们在奋斗路上的坎坷而流泪，也因他们有志者事竟成的收获而喜悦——是的，就是这样，"悲伤着你的悲伤，幸福着你的幸福"。听着他们的故事，我好像也那样活了一遍。

记得有一年的记者节，一位老领导语重心长地对我们说："脚下有多少泥，心中有多少爱。"这句话让我产生了深深的共鸣。记者，必须要满怀真情地走进人民、走进社会、走进天地间火热的生活，才能正确认识这个时代，感知这个时代，讲好民族团结的故事，记录属于这个时代的风采。

中国民族报记者张世辉与受访对象孟立志（右，达斡尔族）讨论采访拍摄脚本。

内蒙古之行颠覆了我的想象

■ 张世辉

在内蒙古自治区呼伦贝尔市为期八天的采访，是我第一次走近鄂温克族、鄂伦春族和达斡尔族群众的生产生活，采访对象真诚的笑容、热情的态度、火热的生产生活场景以及他们满满的获得感，给我留下了极为深刻的印象。

此前我对这三个人口较少民族的印象，还停留在上大学期间学习民族志时书上的描述：他们生活在深山密林，以狩猎捕鱼为生，住的是简易的撮罗子、木刻楞、桦皮棚，新中国成立前还处在原始社会。

而这次的呼伦贝尔之行，颠覆了我的想象与认知——简易的住房被小别墅取代，生产生活方式已现代化：马路直通家门口，网络联通着村外的世界，冰箱存放着新鲜蔬果，超市里摆满了来自各地的商品，医疗保险护佑着村民健康……城镇居民现代生活的标配，这里一样也不少。

正如多布库尔猎民村党支部书记孟亚静所说，新中国成立70年来，鄂伦春人的生活发生了翻天覆地的变化，人们走出密林、搬出大山，逐步实现了定居，过上了富裕的生活。

党的十八大以来，精准扶贫政策给民族地区群众的生产生活带来了更大变化。在鄂温克族自治旗，全国人大代表梅花指着伊敏中心校崭新的校舍说："我就是在这里上的中学。那时，这里都是土房子。"2012年，在政府的扶持下，学校面貌焕然一新：新建了面积一千多平方米的幼儿园，改建并配置了音体美专用活动室，老师们有了两人一间的标准化宿舍。

日子好起来的牧民们，更加爱护自己的家园。他们对总书记提出的"绿水青山就是金山银山"的认识更加深刻，对草原优美的生态环境更加珍惜。

作为记者，我很高兴能亲眼见证精准扶贫政策让民族地区的同胞过上越来越富裕美好的日子，生态文明建设让天更蓝、水更碧、草更青，祖国的北疆是如此壮美、辽阔。

中国民族报记者周芳（右一）在贵州省松桃苗族自治县采访全国人大代表、梵净山苗族文化旅游产品开发有限公司负责人石丽平（右二）。

因为爱，所以付出

■ 周　芳

从贵州省铜仁市梵净山下的松桃苗乡，到遵义市务川仡佬族苗族自治县的"仡佬之源"，再到湘西边陲的龙山古城，在"70年·在祖国的怀抱里"的大型主题采访活动中，我和实习生金莎奔赴贵州、湖南两地，采访了苗族石丽平、仡佬族石慧芬、土家族田隆信三个民族代表。采访期间，我们走进他们的生活和工作，倾听他们的故事，感受他们的喜忧。虽然时间短暂，但是记忆尤深。

一路上，激情常在。采访的第一站，我们到达的是贵州省铜仁市松桃苗族自治县，这是一个有着悠久苗族历史和深厚苗族文化的县城。石丽平是土生土长的松桃苗族人。作为松桃苗绣的传承人，让我印象深刻的是石丽平对松桃苗绣、对苗族文化的挚爱，对发展苗绣的各种战略思维和前卫理念。为了传承技艺，她遍访名师，潜心学艺，顶着巨大压力创办苗绣公司；为了搜集、整理苗绣的不同绣种和纹样，她用了八年时间遍访贵州省所有苗寨；为了推动松桃苗绣走向全国、走向世界，她创新开发苗绣产品，将传统与现代融为一体。难忘的是，在拍摄最后一个祝福祖国的镜头，当看到石丽平穿上苗族的传统盛装开心大笑，听着她身上各种银饰叮叮当当作响时，那一刻，我的心中涌动着一种激情，以为石丽平不仅展示了一个民族的美丽和幸福，更展示了一个民族的自信和骄傲。

一路上，美好常在。特教老师石慧芬在贵州省遵义市务川仡佬族苗族自治县特殊教育学校一干就是19年，将自己的青春和心血全部献给了特教孩子。在采访中，我们见证了石慧芬的日常工作，感慨身为一名特教老师的辛劳和不易，但她只是微微一笑。19年，石慧芬坚持用爱心、耐心、恒心去温暖、感染、鼓励每一位身有残疾的孩子，努力教孩子们适应社会的能力，培养孩子们的自信心。石慧芬尊重每一位孩子和家长，她的一言一行、一举一动始终给人一种如沐春风的感觉，这或许就是对"德高为师"的真实诠释。石慧芬长相端庄、清秀，看上去比实际年龄显年轻，也比照片上更加秀美，从她身上，似乎印证了"美好的品行塑造美"这句话。

一路上，感动常在。湖南湘西小城——龙山县，一个保留着土家族传统文化的世外桃源，是我们此次采访的最后一站。在这里，我们采访到79岁的国家级非物质文化遗产项目土家族打溜子的代表性传承人田隆信。一个从土家山寨走出的放牛娃，凭着对民族音乐的天然感悟，创造性地构思了一件件唱响国内、走出国门的作品，其中打溜子代表作品《锦鸡出山》引领着中国上世纪80年代民族打击乐的潮流，田隆信也因而被誉为"土家族音乐的活灵魂"。

采访中，看着田隆信老人整理的大大小小、多达百余本的土家族音乐资料，大皮箱里码放的各种获奖证书，还有记录着几十年来他参加每一场重大演出的厚厚的统计本，我们除了惊叹，更多的还是感动，这是一个非常有心的老人，这更是一个骨子里对自己的民族文化充满热爱和激情、用生命在创作和演出的老人。直至年近八旬，他还在为民族音乐事业奋斗不息、燃情不止，"情不知所起，一往而深"，这是一种怎样的情感和情怀！

一路下来，我们边走、边看、边听，了解了很多，也懂得了很多。因为有爱，所以乐于付出；因为有爱，所以甘于奉献。我们的身边，正来往着无数这样因为爱而默默付出和奉献自己的人。

中国民族报记者张国欣在布朗山采访。

俯身大地　倾听中国

■ 张国欣

在"70年·成长在祖国的怀抱中"大型主题采访活动中,我有幸赴宁夏、云南、新疆等地,参与了12个民族人物的采访拍摄工作。

在云南布朗山采访时,我们夜宿村民家。那天晚上,乡亲们听说首都北京来了人,几乎家家户户都来人看我们。我们老老少少围坐在一起,听大家用朴实的话语回忆过去的苦日子,讲现在的好生活。不知不觉已到深夜,皓月当空,大家情不自禁地唱起《没有共产党就没有新中国》,嘹亮的歌声响彻布朗山的夜空……此情此景,终生难忘。

一路走来,从云贵高原到大漠戈壁,这样的故事太多太多。在宁夏回族自治区永宁县闽宁镇，回族村民海国宝深情讲述了搬出西海固的故事，他时常叮嘱子孙们"吃水不忘挖井人"；在云南基诺山，基诺族乡亲们谈到过去缺医少药，如今病有所医，"党和国家才是我们健康的守护神"；在新疆维吾尔自治区，塔吉克族干警鲁克曼常年奋战在边境一线，反恐缉毒，冒着生命危险卫国戍边，他说："没有祖国的界碑，哪有我们的牛羊。"

在奔波于采访途中、纵横于河流山川之时，我们用目光打量着祖国的壮美多娇，用脚步丈量着祖国的广袤辽阔；在深入田间地头、与百姓同吃、同住、同劳动时，我们用耳朵聆听着祖国发展、团结进步的故事，用心感受着中华各族儿女心的跳动、力的凝聚！

在一次次俯身大地的采访中，我贴近了你——我的祖国！我欣幸，能用我的笔和镜头，在新中国70华诞之际，完成一次对祖国的深情告白。

这是我们践行"四力"的过程，也是坚定初心的过程。

我更加深切地感受到，作为一名民族新闻工作者，只有深入各族人民热火朝天的生产生活实践中，采写沾泥土、带露珠、冒热气的好稿子、好报道，才能讲好我国民族团结进步的好故事。

我更加真切地体会到，中国共产党的初心和使命，就是为中国人民谋幸福，为中华民族谋复兴。人心是最大的政治，不忘初心，方能赢得人心。人心在我，便能众志成城，凝聚起实现中华民族伟大复兴中国梦的磅礴力量。

我们将这些画面、这些感受，记录在一篇篇文字中，记录在一帧帧镜头里，展现出"中华民族一家亲、同心共筑中国梦"的生动实践，也印证着中国特色解决民族问题正确道路的光荣和伟大。

中国民族报记者安宁宁在新疆维吾尔自治区喀什地区塔什库尔干塔吉克自治县红其拉甫边防连采访。

当梦想照进现实

■ 安宁宁

一线采访的魅力在于可以获得翔实的一手素材,改变仅通过查找资料而形成的某种印象。因此,我格外珍惜每一次深入基层的采访和每一次抵达现场的报道,这种经历弥足珍贵,对记者的历练和成长大有裨益。

工作以来,我走访了不少民族地区的村庄,但很少两次前往同一个村寨采访，出冬瓜村是个例外。2017年夏天，我在这里采访过德昂族有志青年赵腊退。彼时，他在村里的农家乐中率先开发德昂族美食，但因为住宿条件不理想，大多数游客往往吃了特色饭菜便离开。为了摆脱贫困，他最大的心愿是把自家的老房子——村里为数不多保存较为完整的德昂传统民居，打造成既体现传统民俗文化，条件又如同酒店一般的民宿。

此次再次到访，让人欣喜的是，赵腊退实现了当年的心愿。经过两年多的发展，他家名为"上上居"的农家乐在当地已小有名气，每逢节假日客房供不应求。他还经常在自家小院向游客展示德昂酸茶制作工艺、跳德昂族水鼓舞，并为到村里调研的民族学者当向导。

"我的梦想是让世人走近德昂族，让德昂族走向世界。"赵腊退立下豪情壮志，希望能成为德昂族的代言人。前不久，韩国一家电视台到村里拍摄德昂族纪录片，就是以他为主角。当脱贫攻坚的春风吹暖了这片土地，当梦想照进现实，赵腊退坦言，是党和国家的好政策，让他和乡亲们拥有了以前想也不敢想的幸福生活。

农民是感性的，也是理性的。看到赵腊退的生意越来越好，不少村民相继办起了农家乐。这次采访的德昂族织锦能手赵玉月，在德宏傣族景颇族自治州乃至云南省都有一定知名度。自办起农家乐后，经常有游客慕名前来，品味她制作的德昂美食，购买她手工制作的德昂织锦，一家人逐步走上致富路。

走家串户寻找采访对象时，每当问道："生活从啥时候起改变最明显？"无论是年轻人，还是老年人，给出的答案都是最近五六年。变化的背后是以习近平同志为核心的党中央采取超常规举措，带领各族干部、群众，夺取脱贫攻坚战一个又一个胜利的生动缩影。

全面建成小康社会，一个民族都不能少。2019年上半年，云南省宣布独龙族、德昂族、基诺族三个直过民族实现整族脱贫。新中国成立后，这三个民族从原始社会或奴隶社会直接进入社会主义社会，实现了第一次跨越。而今迈入新时代，直过民族彻底摆脱了延续千年的绝对贫困，奔向全面小康，迎来了第二次历史性跨越。

曾经一越跨千年，今朝跑步奔小康。村民们的喜悦，是写在脸上的。在出冬瓜村转上一圈，你会看到这样的场景：不管是在田间地头干活的，或是在自家招待游客的，村民个个精神饱满、举止大方，笑容时刻挂在脸上，交谈时更是声音洪亮、底气十足。村民们乐观向上的精神状态，令我印象深刻。这是之前到访所没有的，而这种我要致富的精气神才是脱贫的关键。

目光放远，脱贫只是第一步，更好的日子还在后头！"中国梦，是民族的梦，是每一个中国人的梦。"无数个体梦想的实现，才能成就伟大的中国梦。在边疆少数民族同胞的笑脸上，我看到了他们对党和国家的感恩，对梦想实现的满足，从中也找到了记者这一职业的价值所在。

中国民族报记者张国欣(右一)和郭家翔(右二)在云南省澜沧拉祜族自治县老达保村采访拉祜族同胞。

走进民族地区,见证最美的笑容

■ 郭家翔

2019年对于我来说,是一个不同寻常的年份。作为一名民族新闻战线的新兵,我深度参与了"70年·成长在祖国的怀抱里"主题采访活动。从黄海之滨到北回归线,从奔流黄河到冰雪祁连,一路走来,令人难忘的不仅有瑰丽河山,更有各族同胞璀璨的笑容,深深烙印在我的心间。

看着阳光下玛瑙般闪耀的樱桃，辽宁省大连市金普新区七顶山街道朱家村的朱朝治露出自豪的笑容。这位身材高大的满族汉子，不辞辛劳，敢想敢干，带领全村人走上了现代化农业的康庄大道，如今，朱家村已经是大连市著名的蔬果基地，全村人的生活越过越和美，人人脸上都是灿烂的笑容。

绿水青山间，云南省西盟佤族自治县中课镇的乡亲们围坐在一起，大块吃肉，大杯饮酒，爽朗的笑声回荡在新房屋檐下。为了让乡亲们住上新房子，魏金龙和他的同事们哪怕是肩扛手提、推车进村，也要实现"精准扶贫、精准安居"的目标。

走进澜沧拉祜族自治县老达保寨子，拉祜族村民们弹着吉他唱着山歌迎接远道而来的客人。民族音乐与西洋音乐的奇妙碰撞，让老达保人走出大山，登上了中央电视台的舞台，其灿烂的笑脸温暖人心。

在布朗山，班章村村主任岩少忠品尝新茶，怡然自得。老茶叶变成了金叶子，富起来的布朗山人愈加珍惜来之不易的好生活，他们制定了村规村约，做守法好公民，每到采茶季节，他们仍然坚持着互帮互助的老传统。在时代大潮中，他们用最纯朴的方式实践了"不忘初心"。

在基诺山基诺族乡卫生院，一位基诺族阿嬷前来拿药，在收费窗口，她熟练地拿出合作医疗证微笑着递给工作人员。基诺族医生资艳萍亲眼见证了基诺山医疗卫生条件的飞跃，今天在国家医疗卫生政策的支持下，较为成熟完善的医疗体系在基诺山建立起来，村村有村医，人人有保障。资艳萍说，乡亲们都说，党和国家是基诺山人健康的"守护神"。

在甘肃省临夏回族自治州广河县庄窠集镇西坪村采访时，一个穿着时尚运动服的东乡族小朋友在路边踢着足球，看到记者过来，他一点也不胆怯，开心地表演起自己的球技，不远处，水泥搅拌机正在轰隆作响，又有新房要建成了。西坪村文化广场周围的墙壁上绘制了民谣《十谢共产党》的巨幅壁画："一谢共产党，吃饭把你想，以前忍饥又挨饿，现在脱贫奔小康；二谢共产党，穿衣把你想，以前穿的口衣裳，现在毛料新衣裳……"从过去山大沟深的贫困村到现在的美丽乡村，西坪村的村民们用这种方式表达着对党的感恩。

  旅途有多遥远，前方的风景就有多迷人，这样的故事说也说不完。绿水青山间，高山峡谷中，处处洋溢着各族群众幸福的笑容，处处盛开着民族团结的鲜美花朵。在民族地区采访，我们见证了在党的民族政策光辉照耀下，各族群众休戚与共、团结奋进，共谱新时代民族团结进步、繁荣发展的豪迈篇章。

中国民族报记者文静在青海省玉树市采访砌石大师严培。

追逐平凡之光

■ 文 静

他为保护藏式传统建筑倾心尽力，不图荣光——他叫尼玛；
她用一根琴弦弹响京族传承之音，坚持不渝——她叫苏海珍；
他用一头牛盘活东庙乡的穷日子，躬身为民——他叫蓝干宁；
……

他们是平凡的人，却因有担当、有梦想，走上一条不平凡的路。从广西到青海，南达我国陆地边境线起点、海岸线终点的交汇城市东兴市，北抵"三江之源"玉树藏族自治州，我共采访了七位不同民族的代表，试图寻找散落在祖国怀抱里的点点微光。

尤记得在小庄村，村民席玉秀一家人围坐在四合院里，用土族语唱起《我和我的祖国》，脸上漾起幸福的笑容。微风轻拂，院里的菩提树落下点点黄花。与我同样凝望着这一和谐场面的还有村支书王国龙。他有一张黝黑、布满皱纹的脸，声音嘶哑，走起路来劲头十足。十年来，他带领小庄村村民脱贫致富，办农家乐、吃旅游饭，还吸引了外地人前来就业。

一位小学文化水平的村支书，却带领乡亲过上了以前想都不敢想的好生活，这背后的艰辛、苦楚只有他自己明了。采访中，驻村干部曾回忆，因村容改造要拆除老旧房屋，王国龙被不理解的村民追着骂，甚至自家亲戚也站出来反对他。他从不还口，只是第二天继续登门，直到达到目的。

像王国龙一样执拗的还有另一位被访者——东庙乡村党支部书记蓝干宁。因为易地扶贫搬迁工作，他曾一次次到大山深处入户做工作。"一个贫困户都不能少"，是他始终不能放弃的理由。

他们或许就是脱贫攻坚征程中无数基层干部的真实画像。逢山开路，遇水架桥，只为了兑现党旗下的铮铮誓言。正如习近平总书记所说的，"脱贫攻坚任务能否完成，关键在人"。任何伟大的事业都离不开平凡的个体，他们在最泥泞的路上，在最琐碎的矛盾上，在最难啃的硬骨头上，践行着自己的初心使命。

以己微光，点亮星辰，感动从未因身份和事业，以及尚未到来的成果而黯淡半分。

听"歌王"谢庆良在家门口教山歌，看苏海珍抚琴吟唱，迎接八方来客，与尼玛在黑牦牛帐篷中谈建筑的历史记忆……一路走来，我们用一帧一帧的画面记录他们，听他们讲起关于坚守的故事。那些付出的代价、心酸的往事、不同时期的苦和难，是他们嘴里简单描述的情节，而关于热爱和期待才是永恒的话题。

如今，在尼玛的朋友圈里，四处奔走依然是常态。苏海珍在一场又一场的演出中，让更多人领略京族独弦琴的魅力。而在2019年全国少数民族参观团中，记者再次见到了谢庆良，这次他把歌颂党的山歌唱到了长城上。

时光匆匆，步履不停。从他们身上，记者看到了熠熠生辉的平凡之光。路遥在《平凡的世界》中曾写道："生活中真正的勇士向来默默无闻。"他们就是对这句话的注解。

前路有光，初心莫忘。这何尝不是对记者的鞭策呢？甘愿今后，路为纸，地为册，行做笔，心当墨，用平凡见证伟大的不平凡。

后　记

"70 年·在祖国的怀抱里——56 个民族，56 个儿女，56 个故事，56 个祝福"是中国民族报社 2019 年度大型主题性报道。这组报道从 5 月份启动，8 月底完成，历时 4 个月。参与采访和制作的报社内部人员有 27 人，大家先后奔赴 14 个省（区、市）进行了采访。2019 年 7 月 23 日，这组报道的文字部分率先在报纸推出，带有微视频的融媒体报道于 9 月中旬相继在《中国民族报》官微、中宣部"学习强国"平台、国家民委官微推送，前后持续达 1 个月，引起了良好的社会反响，为新中国 70 华诞营造了喜庆祥和的氛围。

"70 年·在祖国的怀抱里"大型报道在《中国民族报》的历史上创造了几个"第一"和几个"最"：

第一次对 56 个民族的同胞进行集中、细致、完整的报道。

第一次尝试融媒体的系列报道，56 篇报道全是文字与视频的结合。

第一次实现大型报道的"借船出海"，在"学习强国"平台进行大力推广。

这次主题报道是中国民族报社开展的大型报道中延续时间最长、覆盖范围最广、完成难度最大、投入人力最多、投入资金最多的一次，呈现出几大鲜明的特点：

一是主题突出、主调鲜明。这组报道是为庆祝新中国成立 70 周年而策划的，讴歌发展变化、礼赞伟大祖国、抒发爱国之情，是报道的主题；昂扬、奋进、温暖、明快，是报道的主色调。报道中有三分之一的篇章反映民族地区脱贫攻坚带来的经济社会发展以及少数民族群众精神面貌的转变；有四分之一的篇章反映国家对少数民族文化、体育、教育、医药事业的关心和保护，以及由此促成的发展繁荣局面；还有诸如民族地区易地搬迁、生态保护等话题。从选材上看，紧扣时代脉搏，紧跟民族地区发展，紧盯少数民族关切；从效果上看，突显了发展、奋进、团结的关键词。尤其是在每篇报道中专门列出"祝福"版块，在视频呈现上展示了喜悦的笑脸，抒发了各族同胞的爱国、感恩之情。

二是人物典型、代表性强。这组报道每个民族选取一个人物，以人物为中心展开叙事，因此人物的选择至关重要，这也是前期工作中的重点。根据报社所掌握的资料，结合各地宣传部、统战部、民委等部门推荐的人物名单，两相权衡，最后敲定人选。最终，报道的人物主要来自几部分：一是党代表、全国人大代表、全国政协委员，占比约四分之一；二是获过"改革开放40周年杰出人物""五四青年奖章""民族团结进步表彰""脱贫攻坚奖""巾帼建功立业奖""优秀公务员"等各类荣誉的模范人物，占比超四分之一；三是各级非物质文化遗产传承人，占比近四分之一；四是在民间享有声望的优秀分子。这些人物都是先进典型，政治上站得住、品德上靠得住、成就上立得住。在先进性之外，报道还考虑了人群的职业多样性、年龄多层次。职业上，涵盖基层公务员、教师、医生、学生、武警战士、作家、致富带头人、私营业主、文博工作者、体育工作者、志愿者等；年龄上，最大的86岁和85岁（分别是普米族和汉族），最小的23岁（彝族），可以说实现了从三零后到九零后每个年龄段全覆盖。不同职业、不同年龄的人，视野和阅历不一样，从而保证了这组报道的丰富性。

三是以我为主，内外联动。由于任务体量大，时间紧张，这组报道采取了以本社记者采访拍摄为主，同时适当借用外力的操作方法。

56个民族中，有14个民族是约请地方宣传部、电视台等单位协助拍摄视频素材，但是在这个过程中一直由报社占据主导权，由报社敲定人选、提供拍摄的范本和脚本，并提出相关技术要求，后期由报社统一剪辑完成，这样才保证了所有微视频格式和风格的统一。同时，在本报记者外出的采访中，我们也尽量与当地联合，调动可以调动的人力、物力和技术资源。正是这样以我为主、内外联动的方式，才保证了在4个月的时间内完成这组比较庞大的融媒体报道。

四是团结协作，配合默契。这组报道仅前方参与采访的社内人员就达20人，后方制作的社内人员有7人，同时还有不少实习生参与。为了同一个目标，大家团结协作，打破了部门界限，配合愉快、默契。尤其是微视频的后期制作十分繁杂，有的甚至修改十余遍，需要采访者与制作者反复沟通。但大家任劳任怨、加班加点，本着精益求精的态度，力求展示出最好的作品。

应该说，此次大型报道对每个参与者而言，都是职业生涯中难忘的经历，也是一次全方位的考验。报道的成果不仅体现在已经见报见网的一篇篇文章和一个个视频，更体现在肉眼看不到的精神的激发、士气的提振、才干的增长、潜力的挖掘。总结而言，有以下几个方面的突出收获：

一是锻炼了队伍。新闻是干出来的。这次报道最重要的收获是，中国民族报人在践行"四力"中深化了对民族新闻融媒体传播规律的认识，提高了对融媒体传播技术手段的运用，尤其是年轻记者在其中得到快速成长。此前很多同志都只会文字采写和编辑，对拍摄视频和剪辑制作比较陌生，这次报道倒逼大家现学现用、急学急用、活学活用，开始从"菜鸟"向"专家"转变。此外，这次报道难度大、任务重、条件艰苦，不仅考验了记者协调与沟通的能力、随机应变的能力、处理复杂问题的能力，还培养了记者不畏艰险、吃苦耐劳、勇于奋斗的意志品质和良好作风。能力与智慧的增加，品德与素养的锤炼，这些是属于每个记者的无形财富，汇聚在一起，更是报社的无形财富。

二是扩大了影响。本次报道"借船出海"，而且借的是中宣部"学习强国"平台这样一艘大船，无疑提升了这组报道的影响力和中国民族报的品牌和美誉度。"学习强国"上单篇点赞量最高达10万，平均点赞量为7800多。好的产品需要有好的推广，好的推广的前提是有拿得出手的拳头产品。没有这样的用心、诚心、良心之作，就谈不上扩大报纸的影响。

三是密切了联系。这次报社采取内外联动的方式，不仅广泛联系了有关各方，为今后的宣传建立了良好的合作关系，还在报道推出后及时转发给地方，服务了地方的工作。

四是丰富了资料。当前，知识产权保护越来越受到重视，尤其是影像化时代，图像视频资料受到更加严格的保护。这组报道拍摄的微视频，为民族宣传留存了一批拥有自主知识产权的影像资料。

作为中国民族报社进行大型融媒体报道的第一次试水，在诸多方面肯定还存在欠缺，诸如准备仓促、技能不足、画面欠佳等，但是瑕不掩瑜，相信只要拥有这份对于新闻的职业理想和敬业精神，很多遗憾和不完美都会有机会去弥补。

中国民族报社副总编辑

肖静芳

2020年12月

图书在版编目(CIP)数据

七十年在祖国的怀抱里：《中国民族报》大型融媒体采访报道实录 / 张华志，李志伟，肖静芳主编. —北京：民族出版社，2021.9
ISBN 978-7-105-16509-4

Ⅰ.①七… Ⅱ.①张… ②李… ③肖… Ⅲ.①新闻报道–作品集–中国–当代 Ⅳ.①I253

中国版本图书馆CIP数据核字（2021）第190908号

七十年在祖国的怀抱里——《中国民族报》大型融媒体采访报道实录

策划编辑： 欧光明
责任编辑： 张宏宏
封面设计： 金　晔
出版发行： 民族出版社
地　　址： 北京市和平里北街14号
邮　　编： 100013
网　　址： http://www.mzpub.com
印　　刷： 北京盛通印刷股份有限公司
经　　销： 各地新华书店
版　　次： 2021年9月第1版　2021年9月北京第1次印刷
开　　本： 787毫米×1092毫米　1/16
字　　数： 230千字
印　　张： 19
定　　价： 210.00元
书　　号： ISBN 978-7-105-16509-4 / I · 3113（汉2896）

该书若有印装质量问题，请与本社发行部联系退换。
编辑室电话：010-64228001　发行部电话：010-64224782